会話もしない連れ子の妹が、
長年一緒にバカやってきたネトゲのフレだった
2
-hibariyu-
雲雀湯
illustration
jimmy

# 目次
CONTENTS

「はい、サインはこちらの方に書いておきますね――すぅくん」

「…………え？」

今度は俺が驚愕で目を見開く番だった。

有瀬陽乃からはやけに感情の込もった瞳を向けられている。

見つけてくれた
すぅくんへ
ひぃちゃんより
肩が触れ合うほど至近距離で密着し、まるで抱きかかえるかのように引き寄せて、平折の頭を撫でた。

「んっ」

「……ぁ」

戸惑いつつも、平折に潤んだ瞳で見上げられると、今度は違った意味で見ていられなくなって目を逸らす。

きっと俺の顔は真っ赤だったと思う。

平折は気が抜けたのか安心したのか、全身の力を抜いて俺に寄りかかってきた。

頭はコテンと俺の肩を枕にしている。

「あ、あんた迷いもなくそれって……ひ、卑怯よ！」

「な、え、ちょっ!?」

いきなり正面に回り込まれたかと思えば、俺の膝の上に対面で座りこんできた南條凜。

その距離はどこまでも近く、一瞬にして身体中の血を沸騰させられてしまった。

平折はどこか慈愛を感じさせる表情で
俺の顔——先日殴られた頬に手を添えた。
「すぅくんは、いつだって無茶をするんです」
「それ、は……」
平折の手は少しひんやりしていた。
おかげで考え過ぎて熱を持ち始めていた
俺の頭が冷やされていくのがわかる。
少し冷静になれば、
今度は違った意味で頬が熱くなっていく。
「昴はちゃんと考えて、その答えを出せるやつだって知ってるから。あたしが保証する」
そう言って南條凜は、見惚れるような笑顔を浮かべる。
その顔で言い切られれば、なんだか心が少しだけ晴れやかになったような気がする。
あぁ、やはり太陽みたいな女の子だ。
肩口がざっくり開いた小袖のミニスカ袴姿に
狐の耳と尻尾をあわせた平折に、
黒を基調としてところどころに紅をあしらった
ゴスロリドレスに身を包んだ南條凜。
２人の衣装や容姿もさることながら、
平折の小柄ゆえにぴょこぴょこ動く耳と尻尾も愛らしいし、
普段きりりとした印象のある凜が
甘いフリルやレースつきのドレスを着ていることのギャップが、
見る者のため息を誘発している。

ダッシュエックス文庫

# 会話もしない連れ子の妹が、長年一緒にバカやってきたネトゲのフレだった2

雲雀湯

# 1時間目 Play Time. 思い出の中の女の子

懐かしい夢を見た。
幼い時、男子とか女子とか特に気にせず皆と遊んでいた頃の夢だ。
『すぅくん！』
俺をそう呼ぶ子がいた。いつも皆の中心にいた、明るい子だ。
確か、その子の名は──
『ひぃちゃん！』
夢の中の俺は、自然とその名前を呼んでいた。
あぁそうだ、ひぃちゃんだ。
確かにそんな名前の子がいた、気がする。
……どういうことだ？　遠い昔、俺は平折《ひおり》と会って──
〜〜〜〜♪

「っ⁉　ふぁ、ふぁい！」

『あ、昴《すばる》？　真白《ましろ》さんだぞ、やほー』

「………………真白？」

スマホからの通知音で叩き起こされる。誰かと思えば、従姉《いとこ》の春日《かすが》真白からだった。

窓に目をやれば夕日が差し込んでおり、どうやらうたた寝をしていたらしい。

よくよく考えれば今日は色々あった。

平折や南條凜《なんじょうりん》とのことでカッとなってしまって停学。まったく、自分で呆《あき》れてしまう。

そのことを思い出しつつ、また起き抜けということもあって生返事になってしまったが、真白はそんなことは気にも留めず話しかけてくる。

『いやーこっちは寮に缶詰めにされた挙句勉強ばっかでやんなっちゃう！　まぁ受験だから仕方ないし、浪人になって貴重な10代をもう1年勉強漬けだけは断固阻止だよね！　あ、そうそう今モデルで人気の有瀬陽乃《ありせひの》が――って昴、ちゃんと聞いてる？』

「……聞いてるよ、半分くらい」

『もーっ！　まぁいいや、それで今度写真集を出すみたいなんだけど――』

真白は一つ年上の従姉だ。

昔から落ち着きがない性格で、彼女の両親はそれを矯正《きょうせい》しようと全寮制の女子校に入れたのだが、果たしてどれだけ効果があるのやら。今も忙《せわ》しなく矢継ぎ早に話題を振ってくる。

だけどそれは産みの母を亡くした俺への、真白なりの気の遣《つか》い方だというのも知っている。

だから邪険にもしづらい。

……まぁ正直なところ、ちょっと鬱陶《うっとう》しいところはあるのだが。

『ところでそっちで変わったことない？　その、平折ちゃんのこととか』

「っ!?」

『……何その反応、何かあったの？』

「べ、別に何もねぇよ。ちょっと俺が停学になったくらいで」

『はぁっ、停学!?　昴、あんた一体なにやってんのさ!?』

「その、なんていうかむしゃくしゃしたというか……切るぞ、またな！」

『あっ、ちょっと――』

失敗した。平折のことで動揺して、変なことを口走ってしまった。

強引に通話を切ったものの、スマホがものすごい勢いで真白からの通知を告げている。

別に真白に平折がすっかり様変わりしたことを隠す理由はないのだけれど……何か色々とややこしくなりそうな予感がしたのだ。まぁいずれ、折を見て説明しよう。

そんなことを考えていると、控えめにドアをノックする音が聞こえた。

「はーい……って、平折？」

平折だった。手にはノートパソコンを持っている。

そしてどうしたわけか、少し怒ったような表情で唇を尖《とが》らせている。

「し、心配しました！」

「あ、いや、その……」

「け、怪我《けが》までしちゃって！」

「……すまん」

「謹慎中は大人しくしてるかどうか、監視します」

「へ？」

「んっ！」

「……ノートパソコン？」

平折は俺をパソコンがある机の方へと追いやって、そして自分はポスンとベッドに陣取りノートパソコンを立ち上げる。

「ログ、私が学校に行ってる間も残しておいてください」

「あ、あぁ……」

今度は恥ずかしいのか早口になりながら、そんなことを告げる。

確かに大人しくしている証拠としてゲームにログを残すのは、ある意味監視だろう。

それがとても俺たちらしいなって思い、思わず笑いが込み上げてきた。

あれこれ気になることはある。だけど、今はこの時間を大切にしたかった。だから——

「平折、ゲームしようか」

「……はいっ！」

今までと違い、同じ部屋でゲームをする。

何をしているんだと思うが、そこにある空気はとても穏やかだった。

むしろしっくりくるとさえ感じ、そして——どうしてか、ひどく懐かしい気がした。

◇◇◇

——PiPiPiPiPi
「っ！」

久方ぶりに、目覚まし時計のアラームで目を覚ます。

まだ眠気があったが、ベッドの中で大きく伸びをして深呼吸すると少し甘い匂《にお》いを——平折の香りを感じ取ってしまった。昨夜遅くまで、ベッドに陣取ってゲームをしていたからだろうか？　自分とは違う匂いに、否応《いやおう》なしにも平折を意識させられてしまう。

気恥ずかしさを追い払うように頭を振り、手早く着替えを済ませて外に出た。

日課のランニングだ。停学の謹慎中だが、これくらいは許してくれるだろう。

今日はいつもと違って隣駅の公園ではなく、近場にある古い神社を目指していた。

いくつかの学区が交わる場所にあり、小さな森も広がっている。ちょっとした広場にある拝殿とその周辺は、子供にとって格好の遊び場だ。俺も幼い頃、よくここを訪れていた。

昔は随分広く感じたが、記憶の中よりかはかなり狭く感じる。

「すぅくん、か……」

ここには他の小学校の子供たちもよく来ていた。

もしかしたら、平折もその中にいたのだろうか？

平折に聞けば、教えてくれるのだろうか？

……だけどこれは、俺が自分で思い出さないといけない気がする。

あの頃は、男子とか女子とかそういったものを気にするような年頃でもなかったし、学年が上がるにつれ、いつしか寄りつかなくなっていった。

——なんだかここに、大切なものを置き忘れている気がする……

ザァァァと、それを肯定するかのように秋の冷たい早朝の風が木々を揺らした。


その後、もやもやとした気持ちを吹き飛ばそうと家まで走った。

おかげでいつもより汗でびしょびしょだ。

「ただいまっと」

早く汗を洗い流そうと靴を脱いでいると、二階から降りてくる平折と鉢合わせた。寝起きのせいか髪はボサボサで、顔も眠いのかトロンと気の抜けた表情である。

そういやついこの間まで、平折といえばこんな感じだったっけ?

ここ最近は見せなくなった平折の油断しきった姿が、何だか無性に懐かしくなって思わずふっと笑いが零《こぼ》れてしまう。

「おはよう、平お……り……?」

「おは~~~~っ!?」

寝惚《ねぼ》けまなこに俺を捉《とら》えた平折は、状況を把握すると、どんどん顔を真っ赤に染め上げていく。そして慌てて洗面所へと駆け込んだ。

すぐさまブォオォォォっと聞こえてくるドライヤーの音が、今は入ってくるなと言っているように聞こえる。

「……別に、そこまで気にしなくてもいいのに」

そう呟けば、すかさず洗面所から平折の抗議する声が返ってきた。

「わ、私だって女子ですので!」

どうやら義妹《いもうと》とはいえ、寝起きの顔を見るのはマナー違反になるらしい。

「……ぃ、いってきます」

「おぅ、いってらっしゃい」

学校に向かう平折を見送り、自分の部屋へと戻る。

風邪でもないのに平日家にいるというのは、なんだか不思議な感じだった。

——平折、大丈夫だろうか？

昨日でイジメに関することは全て解決しているとは思うが、ついつい気になってしまう。南條凜もいるし、大丈夫だとは思うが……

部屋に戻った俺は、パソコンを立ち上げゲームにログインした。

見慣れたホームの宿舎が広がる画面の中には、既にログインしていたフィーリア《ゲームの平折》さんが離席状態で放置されている。ちゃんと俺が大人しくしているか、ログで確認するつもりらしい。監視だという割に、平折本人は学校だ。なんだかそれが可笑《おか》しくて、くつくつと喉《のど》を鳴らしてしまう。

ゲームとはいえ部屋の中だと鬱屈した気分になりそうなので、見晴らしのいい広場のベンチにまで移動することにした。

『今から課題』

と、フィーリアさん宛てに個人チャットを打ち込み、現実《リアル》では机に教材を広げ始める。

停学とはいえ、その間の授業に遅れてはいけない。その分の課題はたっぷりと出ていた。かなりの分量があり、罰則という意味合いも強いのだろう。

ま、サボるわけにはいかないよな。俺は気合いを入れなおして、課題へ取りかかった。

「数学終わりっと。次は英語を――……ん？」

『やぁ、こんな時間に珍しいね、クライス君』

突如、ゲーム内の俺に話しかけてくる人物がいた。金髪碧眼《へきがん》のいかにも王子様然とした、長身の爽《さわ》やかイケメンエルフの剣士――アルフィさんだ。

『アルフィさんじゃないですか』

『平日の午前中にゲームって……学校はどうしたんだい？　サボりかい？　あ、ちなみに僕は今日、久々の休みなんだ……最近はなかなかにえぐかったよ……』

『ははっ、またですか』

キャラに似合わぬ哀愁を漂わせ、ブラックな仕事の愚痴を零されれば、苦笑いするしかない。

アルフィさんはフィーリアさんと同じくらい長い付き合いのあるゲーム内フレンドである。

どこか大人びており、よくこうして仕事の愚痴を零したりしているので、おそらく社会人だろう。俺たちにとっては、頼れるお兄さんといった感じだ。

ちなみに仕事が不規則なのか、ゲームにログインする時間は定まっていない。1ヶ月くらいログインしない時もあれば、深夜ばかりにログインしている時もある。

最近また忙しそうだったみたいで、こうして会うのは久しぶりだった。

『で、何かあったのかい？』

『いやその、実は停学を喰らってしまって……』

『て、停学⁉　それって一大事じゃ……一体何をしたんだい？』

『何ていうか、妹をイジめた相手にちょっとカッとなってしまって』

『えぇぇえっ⁉　大丈夫……じゃないから、停学になってるんだね……』

『はは……それでですね――』

今度は俺が事件のあらましをぼかしながらアルフィさんに説明、いや愚痴を零していく。

こういう時、黙って聞いてもらって心の裡《うち》を吐き出して、相槌《あいづち》を打ってもらうだけで随分気が楽になっていくのがわかる。

……アルフィさんがよく愚痴を零すのが少しだけわかった気がした。

『……クライス君がそんなに熱血漢だったとはね。それともシスコンを拗《こじ》らせていたのかな？』

『ははっ、自分でもびっくりでしたよ』

『それにしてもクライス君がそこまで必死になっちゃう妹さんかぁ……それだけ可愛いのかな？　ちょっと気になるね、芸能人でいえば誰に似てる？』

『さぁ、俺そういうの疎《うと》いのでよくわからないです』

『ははっ、そうかい……クライス君は高校生だっけ？　芸能人といえば、有瀬陽乃とかどう思う？』

『有瀬陽乃……あ、確かモデルさんか何かでしたっけ？』

たまにクラスでも耳に挟む名前だ。そういえばさっき、真白もどうこうって言ってたっけ？

正直、アルフィさんの口から出る名前としては意外な気がした。

だから興味を惹《ひ》かれ、検索をかけてみればたちまちヒットする。

「――――っ」

そして眉間《みけん》に皺《しわ》を寄せる。

第一印象は人気モデルというだけあって、とても綺麗で華のある子だった。

ただそれだけなら身近に平折や南條凛といった魅力的な女の子がいるのだが――何かが引っ掛かる。だが、それが何かはわからない。

『やっぱり、彼女のような女の子が人気だったりするのかい？』

『……どうでしょう？　実際、かなり可愛いと思いますし、男子なら嫌いな人を探すほうが難しいんじゃないですか？』

『そうかい。……だけどこの子、中身はとんでもない我《わ》が儘《まま》で、周囲のことを考えてなくて、昔のことをずっと引きずっていたり、執念深いくせに、本当に言いたいことは自分から言えない――あんなやつ、ただの面倒くさい着せ替え人形だよ』

『アルフィさん……？』

その言葉にはいっそ怨嗟《えんさ》ともいえるものが込められており、思わず面食らってしまう。

いつものアルフィさんは仕事の愚痴を零すことはあっても、誰かのことをここまで悪《あ》しざまに言うような人ではない。普段が温厚なだけあって、俺は何て言っていいかわからない。

もしかしてアルフィさんは、有瀬陽乃と関わりのある仕事をしているのか……？

『っと、すまない、愚痴が過ぎた。気を悪くしたなら謝るよ、ごめん』

『いえその、仕事のストレスとか愚痴とか、どこかで吐き出した方がいいと思うので』

『はは、そうだね！　となればゲームだ！　実は最近忙しくて最新ダンジョンの攻略がまだなんだ、手伝ってくれるかい？』

『ええ、いくらでも手伝いますよ』

そう言ってパーティを飛ばしてきたアルフィさんと一緒に、ダンジョンへと向かう。

いつもの様相を取り戻したアルフィさんは、『他のフレンドも誘うよー』と陽気に言っているものの、その姿はどこか無理しているかのように見える。

だけど、何て言っていいかわからない。

『──あんなやつ、ただの面倒くさい着せ替え人形だよ』

その言葉がひどく気になってしまった。

どうしても、とある女の子の顔が思い浮かんでしまう。

南條凜──両親の望む姿を演じ続ける、俺の恩人ともいえる少女。

そのこともあって、どうしたわけか有瀬陽乃のことが先ほどよりもひどく気になってしまっていた。

その後たっぷり3時間、俺はアルフィさんのダンジョン攻略に付き合った。

『助かったよ、クライス君……って、あぁ、また仕事の電話だ』

『あーその、お疲れ様です』

アルフィさんはここしばらくログインできていなかったということもあり、装備的に少し厳しいものもあったが、トレハンを兼ねながらのダンジョン攻略は楽しかった。

……初見殺しのギミックを黙ってニヤニヤ傍観していたのには文句を言われたが、それはご愛敬。

アルフィさんも仕事で色々あるのだろう。

だけどそういったストレスが、ゲームで発散されてくれればなと思う。

そして最近、平折や南條凜との交流で思うことがあった。そのことをチャットに打ち込んでいく。

『たまには仕事でも、自分がこうしたいっていうのを言ってみてもいいんじゃないですか？　なんていうか一度ぶつかってみるというか、そういうのと向き合うというか……』

『クライス君……？』

『あ、いや、そんなこと簡単にできれば世話ないっすね……すいません、生意気言って』

『ははっ、それで突っ走って停学処分を受けてしまった、というところまで1セットにして、その意見を参考にさせてもらうよ』

『う……すいません』

『でもいい気分転換になったよ。ではまたね』

そう言ってアルフィさんはログアウトしていく。時計を見ると既にお昼を回っていた。

数秒、時計の針が刻む音を聞いていると、途端にアルフィさんに言った青臭《あおくさ》い台詞《せりふ》が恥ずかしくなってしまい、ぼりぼりと頭を搔く。

その気持ちを誤魔化すように立ち上がり、小腹を満たそうとキッチンへと向かった。

ガサゴソと物色をするもカップ麵しかない。ポットでお湯を入れて食べた後、ごろりとリビングのソファに寝転ぶ。空白の時間ができる。

――平折、どうしているかな？

気になるのはやはり、一人で登校した平折のことだった。

それに、今朝夢で見た『ひぃちゃん』についてもやけに気になってしまっている。

確かに昔、そんな子と遊んだ記憶があった。

目を瞑《つぶ》れば朧《おぼろげ》気ながらにその子のことを思い出すことができる。

どんな顔をしていたかはさすがに曖昧《あいまい》だが、よくしゃべり、動き、誘い、そして皆を振り回す――まるでガキ大将のような女の子だった。思えば俺も、彼女に誘われてその輪に入っていったっけ。

だが何度思い返そうと、その姿はとてもじゃないが平折と重ならない。どう考えても別人だ。

どちらかといえば、南條凜の方が重なってしまう。

それが余計に混乱に拍車をかけ、そしていつしか俺は眠りへと落ちていった。

◇◇◇

またしても夢を見ていた。鮮明な夢だった。

今でもよく覚えている、平折と初めて出会った時の夢だ。

『よろしくね、昴くん。平折もあいさつなさい？』

『ん……よろしく』

『～～っ！』

当時思春期に片足をつっこんでいた俺は、やたら女子と話すのが気恥ずかしかった。

ぶっきらぼうに声をかけて手を差し出すものの、弥詠子《やえこ》さんの後ろに隠れられてしまったのを覚えている。

失敗した。怖がらせてしまった。子供ながらにそんなことを思った。

もしあの時、ちゃんと笑顔で手を差し伸べていたらだなんて――

――いや、違うっ！

これは夢だ。きっと過去のことだ。だけどあまりにも鮮明な夢だった。

この状況をどこか俯瞰《ふかん》している今の俺が、怯《おび》えた顔の平折を捉える。

それは先日ナンパされた時や、坂口健太《さかぐちけんた》に呼び出された時の顔に酷似《こくじ》していた。

あぁそうだ、当時の俺はそんな平折に気付きもしないで、積極的に声をかけ近づいたんだ。

『おい、お前』

『お前も早く来い、こっちだ』

『これ、お前の分だから』

よかれと思って色々とやっていた。その全てが平折に不快な思いをさせていたとも気付かずに。不器用と言えば、聞こえはいい。だけど、俺はそんな平折に――

「――平折っ！」

「ぴゃうっ」

「――っ!?　痛っ！」

「～～あう……」

それでも、と思い手を伸ばして飛び起きた俺は、頭に強い衝撃を受けて目を覚ます。

目の前には涙目で額《ひたい》を押さえる平折の姿。どうやら飛び起きた拍子に、互いに頭をぶつけてしまったらしい。

「平折……？」

一体どういうことか状況を飲み込めなかった。ズキリとぶつけた額が痛む。

だけど先ほどまで見ていた夢もあって、まじまじと平折を見つめてしまう。

今朝の寝起きの時とは違う手入れのされた艶《つや》のある長い髪。折り目正しく着こなした制服にその上から着用されたエプロン。そして涙目になりながらもこちらを見つめる瞳には、怯えの色などどこにも確認できない。むしろ、どこか気恥ずかしそうにしている。

「け、今朝は寝起きの顔を見られましたから！」

「……え？」

「だ、だからその、仕返しといいますか、わ、わたしも寝顔を見てやろうと思いまして……ぁうぅ……」

「えーっと……」

もじもじと悪戯《いたずら》がバレた子供のような顔で告げられた。

……そもそも俺の寝てる顔なんて見ても楽しくないだろうに。

どうやら随分長い間リビングで寝ていたようだった。平折はとっくに学校から帰ってきており、周囲を見渡せば窓から西日が差し込んでいる。

あわあわとしているいつもの平折を見れば、なんだか安心すると共に、どうしてもさっきの夢のことが気になってしまっていた。

「あの、なかなか珍しいものを見せていただいたと――」

「平折」

「――ふぇっ!?」

自分でも随分身勝手な行動だとは思う。だけどどうしても確かめたくて――いや、安心したくて、平折の手を取り、引き寄せた。至近距離で目と目がぶつかり合う。

「これは……嫌じゃ、ないか？」

「～～っ!?」

随分突拍子もない質問だと思う。

突然のことに面食らった平折は、目を見開き潤《うる》ませながら、口をパクパクとさせている。

「「……」」

どこかぎこちない沈黙が流れる。その間に、少しだけ自分の頭が冷えてくる。

――何やってんだ、俺は。

こんなの、あの頃の自分のように、平折の気持ちを考えていない行動じゃないか。

同じことを繰り返してはいけない……そう思い、そっと手を放した。

「あぁ、いや、そのエプロンは……？」

「え……あ……そ、その、今日からまたお母さんがお義父《とう》さんの所へ行くって……」

「夕飯、作ってくれるのか？」

「……ぅん」

そう言って、平折は恥ずかしそうにコクンと頷《うなず》く。

自分でも強引な話題転換だったと思う。

だけど冷静になってみれば、先ほどまでの俺は泣きそうな顔をしていたと思う。

そんな顔を見られていたかと思うと、恥ずかしさまで込み上げきて、自分の部屋に逃げ帰りたくなる。

「い、一緒にっ！」

「……え？」

「い、一緒に、作り、ません……か？」

だけどそれは平折が許してくれなかった。

顔を真っ赤にしつつも穏やかな笑みを浮かべ、逆に俺の手を握ってくる。

それが何より嬉しくて、温かな気持ちになってくる。

「あぁ」

だから俺も笑みを浮かべた。そして、２人して無言のままキッチンへ向かった。

調理台に広げられていたのは、じゃがいも、にんじん、たまねぎ、そして薄切りの牛肉に各種調味料。どうやら平折は肉じゃがを作るつもりのようだ。

育ち盛りの俺にはそれだけでは物足りないので、付け合わせに色々と作っていくことにする。

小松菜をサッとゆでておひたしを作り、鳥もも肉を一口大に切って、ニンニクやネギと一緒に強火でさっと炒《いた》め、そしてアルミホイルで包んで弱火で蒸し焼きにしていく。

隣を見れば、平折はじゃがいもの皮剝《む》きに悪戦苦闘していた。

どうやら不器用なようで、それでも一生懸命作ろうとしてくれる姿が微笑ましい。

しかしさすがに包丁を持つ手つきが危なっかしいので無言でピーラーを渡したら、唇を尖らせられた。

「いただきます」

「……いただきます」

平折の肉じゃがはどれも形が歪《いびつ》で不揃《ふぞろ》いだった。

作った当の本人は、どこか悔しげに俺の作った付け合わせと見比べている。

だけど、うん。その肉じゃがは俺にとってとても美味《おい》しい。

「なぁ平折……また一緒にご飯、作ろうな」

「ぁ…………はい！」

そうやって笑顔を綻《ほころ》ばせる平折を見て、過去よりもこれからの未来をどうするか――そんな南條凜の言葉を思い出すのだった。

# 2時間目 Play Time. モデル・有瀬陽乃

停学が明けた。

風邪でもないのに平日に2日も学校に行かなかったので、なんだか曜日感覚が妙な感じだ。

「家の鍵、閉めたか?」

「はい」

平折《ひおり》に声をかけ、連れ立って駅までの道を歩く。

早朝の住宅街はすっかり秋の様相へと変化していた。

目に入る木々は色づき始め、田畑の作物も豊かな実りをつけている。

隣を歩く平折との距離は近く、どこか機嫌も良さそうだ。

あの日、初めてフィーリアさんとしての平折に出会った頃はまだまだ残暑が厳しかったが、今では肌寒いくらいで、季節と共に俺たちの関係もすっかり様変わりしたと思う。

そして平折も随分変わった。見た目も……そして中身も。

「んっ」

「……ぁ」

先ほどから何度か、ちょこちょこ平折の手が俺の手に当たっていた。

繋ぎたいのだろうか、と思い手を握る。すると照れくさそうにはにかんでくれる。身内びいきもあるが、可愛いと思う。

きっとこれも、平折なりの甘え方なのだろう。

特にこの停学中、平折は俺にべったりだった。

昨日も帰ってきたら俺の部屋へわざわざ挨拶《あいさつ》しに来るし、ゲームをする時も俺のベッドを占領していた。甘えられるのは悪い気はしない。

ただ、先日思い出した出会った頃の平折の表情が、気にかかっていた。

だけど今は、そんな怯《おび》えの色はどこにも見受けられない。

それよりも義妹《いもうと》とはいえ平折は魅力的な女の子でもあるわけで、多少戸惑ってしまう事態になることの方が悩ましかった。


「おはよー」

「やぁ、おはよう」

「うーっす、昴《すばる》、吉田《よしだ》さん」

「おは……って、康寅《やすとら》に坂口《さかぐち》も？」

学校最寄《もよ》り駅の改札を抜けると、南條凜《なんじょうりん》の他に康寅と坂口健太《けんた》の姿があった。

康寅がいるのはわかる。せっかく平折や南條凜という美少女と仲良くなったのだから、積極的に一緒にいたいという、わかりやすい奴だからだ。

だけど平折の件が解決した今、坂口健太までここにいることがよくわからなかった。

「どうして坂口が？　もう色々と解決したと思うのだが」

「おや、つれないね。せっかく仲良くなったんだし、僕も輪に入れてくれてもいいじゃないか」

「別にそれは構わないけど……で、それはともかく、足はどうなんだ？」

「……ははっ」

「坂口？」

「ごめんごめん、つい。足は大分と良くなったよ、痛みはほとんどない。テスト明けには完全に元通りさ」

何がおかしいのか、坂口健太は声を上げて笑い、そして興味深そうに俺を見てきた。

特段仲がいいというわけではないので、それがどういう意味かはわからない。

「おーい昴、坂口！　置いてくぞー！」

「あぁ、今行く」

康寅の声に急《せ》かされ、首を傾《かし》げながらも先を行く3人を追いかける。

登校途中、非常に多くの視線を感じた。

平折に南條凜、坂口健太、それに先日暴行事件を起こして停学処分になった俺と康寅。目立つなというほうが難しい。まぁ当然か。眉間《みけん》に皺《しわ》が寄ってしまう。

「変な顔してどうしたの、倉井《くらい》？　もしかして顔やお腹の傷がまだ痛むの？」

「ちょ、おい！　凜！」

そんなしかめっ面《つら》をしていた俺を見た南條凜は、無遠慮に俺の顔に触れてきた。更にはペタペタと腹を触ってくる。

必然的に彼女と至近距離で顔を突き合わせる形になり、間近から漂ってくる平折とは違った甘い髪の香りが鼻腔を掠《かす》める。腹を撫でる手はくすぐったいけれども、気恥ずかしさの方が上回る。

南條凜はといえば、そんなどぎまぎしている俺を見て、楽しそうな表情を浮かべていた。

……こいつ、確信犯だな。

「凜、揶揄《からか》わないでくれ。こういうのに慣れてないって知っているだろう？」

「くすくす、あんたは相変わらずね。それだけ女慣れしてないってことだからいいけど……ま、確かに周囲の目は気になるわね。あんた、ある意味あたしより目立ってるし。ま、堂々としてなさい。別に悪い感情を向けられているわけじゃないでしょう？」

「……え？」

「意外そうな顔ね？　倉井、あんたあの一件で株を上げたみたいよ。昨日も一昨日も、あんたのことを聞かれまくったんだから」

「殴りかかって返り討ちされたのに？」

そんな訝《いぶか》しげな表情をする俺を見て、南條凜はくすくすと悪戯《いたずら》っぽく笑う。……まだ揶揄われているのだろうか？

「昴ー、その腹触らせろ！　でへへ、南條さんと間接握手！」

「うわ、やめろ康寅！　くすぐったい上にキモイ触りかたするな！　って、どさくさに紛《まぎ》れて平折まで!?」

「はぅ、かたい……」

こんな風に騒ぎながらも賑《にぎ》やかに登校する俺たちを、坂口健太が少し後ろの方から、眩《まぶ》しいものを見るかのように微笑んでいるのが目に入った。


平折たちと別れ自分の教室へと向かう。朝の教室は喧騒に包まれていた。

しかし俺が教室に入った瞬間、ぴたりとざわめきが止《や》む。

う、やはり先日の件が……

「ね、倉井君。吉田さんと幼馴染みだったんだって？」

「それマジ？　あ、だから殴りかかったのか？」

「でも普通幼馴染みってだけでそこまで……まさか!?」

「てか南條さんのことも、凜って呼び捨てにしていたこととか気になるんですけど！」

しかしその静寂も一瞬、興味津々といったクラスメイトたちが大挙して押し寄せてきた。

「いやその、確かに平折とは古い付き合いで——」

「平折って言ってるな」「そういや倉井だけ吉田さんのこといつもと変わらない目で……」「やっぱり幼馴染みって噂は本当か」

「り、凜に関しても、なんていうか苗字で呼ぶなと——」

「南條さん自身がそう呼べってだと!?」「他に南條さんを凜って呼ぶ男子いたっけ!?」「おい、どういうことだ！」「ちょっとそのへん詳しく！」

俺はしどろもどろになりながら、まるで言い訳のように弁明していく。

まぁ実際、言い訳以外の何ものでもないのだが。……以前と違って南條凜の助け船がないせいか、一部でより誤解を深める返答をしたかもしれなかった。


そして昼休みになった。

休み時間ごとに質問攻めにあった俺は、まるで避難所へ駆け込むように隣のクラスへと逃げ込んだ。

「くすくす、なかなかの人気者じゃない」

「はは、災難だったね、倉井君」

「くぅ、女子にめっちゃ話しかけられるとか、羨《うらや》ましけしからん！」

「ぁ、あの、大丈夫ですか……？」

「お前ら……」

しかし既に集まっていたいつものメンツに、冷やかしの言葉を頂戴《ちょうだい》してしまった。

ったく、見ていたなら助けてくれてもいいのに。

そうとは思うものの悪戯っぽく舌を出す南條凜と、俺と皆を交互に見やる平折の顔、そしてジト目の康寅と苦笑いをする坂口健太を見れば、肩をすくめて大きなため息をつくしかできない。

「ま、あれは昴と吉田さんが幼馴染みだったことを黙っていた罰だと思え」

「あの時の倉井君の行動には驚いたけど、だけど納得もしたよ」

「……そうかい、別に隠していたわけじゃなかったんだけどな」

どうやら平折はこの停学期間中に、自分と俺とが幼馴染みということを周囲に広めていたようだった。

ちらりと視線を平折に移せば、少しだけバツの悪そうな顔をしている。

別に嘘というわけではないし、それで構わないのだけれど、何故だか外堀を埋められているかのように錯覚してしまう。

「そういや話は変わるけどさ、昴、放課後暇《ひま》か？　帰りに梅谷《うめがや》に付き合ってくれよ」

「まぁ、特に予定はないが……」

梅谷は県外にある大都市だ。

うちの学校で気合いを入れて遊びや買い物に行くとなるとそこになるし、放課後寄っている生徒も多い。だけどここからなら電車で小一時間はかかるし、気軽に寄れるような場所じゃない。一体何があるというのだろうか？

別に予定もないし、特に約束をしているわけじゃないのだが、いつもは平折と一緒に帰るのが半ば習慣になっていた。どうしたものかと平折を見てみれば、大丈夫だよというような顔で、にっこりと微笑まれる。それを確認してから康寅に向き直る。

「梅谷に一体何の用があるんだ？」

「これこれ、これを見てくれよ」

問いかけに対し康寅はスマホを弄《いじ》って、とあるページを俺に見せてきた。

『有瀬陽乃《ありせひの》、写真集サイン会のお知らせ』

向けられた画面を見て、先日アルフィさんが愚痴っていたことを思い出す。思わずびくりと肩が跳ねる。

「……これは？」

「おぅ、見ての通りだ。これは行くっきゃねーだろ！」

「え、なになに？」

「あぁ、なるほどね」

「………………っ！」

康寅は周囲にもスマホの画面を見せていく。皆納得の表情だ。だが俺は複雑な心境だった。

俺と有瀬陽乃との間に何かあるわけではないのだけど。

そしてちらりと平折を見てみれば、どういうわけか1人だけ複雑な表情で固まっていた。

……どういうことだろうか？

「有瀬陽乃、モデルさんだっけ？　僕のクラスでも話題になってたね。特に女子が騒いでたよ」

「彼女、最近では企業のCMや広告にもよく出ているわね。有瀬陽乃を起用した商品は売り上げがいいそうよ。女子中高生に特に人気で、歳はあたしたちの一つ下の高校1年生。学業優先しているって話だから、こういうイベントに出るのは珍しいわね」

南條凜は有瀬陽乃のことを事細かに説明してくれた。

女子中高生に人気だってことは、平折や南條凜もそうなのだろうか？

しかし詳細を説明してくれた南條凜の顔は、ファンだと思わせる熱は帯びておらず、どこか冷めた空気を纏《まと》っている。

……周囲で知る者はあまりいないだろうが、南條凜はどこぞのお金持ちのお嬢様だ。もしかしたら家の事業絡《がら》みのなんかで、有瀬陽乃と何かしら関係があるのかもしれない。

「へ～、南條さん色々詳しいのな。ま、そういうわけでこんなレアなイベントなんだから行くしかないっしょ！　なぁ昴？」

「あぁ……って、ちょっと待て。どうして俺を名指しなんだ？」

「だって昴って、あまりこういうのって興味ないだろ？」

「否定はしない」

「だから俺が買う観賞用の他に、昴には保存用の分を買ってほしいんだよ！　お金は出すからさ、いいだろ？」

「は、はぁ……」

康寅はそれ以外何があるんだ？　と言いたそうな顔を俺に向けた。

いつもならバカらしくて放っておくところだが、康寅には先日の一件で借りがある。

あの時乱入して俺が蹴られるのを止めてくれなければ、もしかしたら洒落にならない怪我を負っていたかもしれない。

「……これで借りはチャラだからな」

「借り……？　ま、昴が来てくれるならなんでもいいや。あ、他にも一緒に来たい人いる？

それなら一緒に行こうぜ！」

「僕は試験勉強があるから遠慮しておくよ。それと、長時間歩いて足の治りが遅くなるのも嫌だしね」

「……あたしも遠慮しとくわ。もしかし……んんっ、あたしもやることあるからね」

南條凜は、どこか歯切れが悪かった。

その表情は複雑で何かあると言っているようなものだが……ここで聞くのは野暮《やぼ》というものだろう。

それと――

「……あーその」

「…………ん」

康寅と一緒に行くのはやぶさかでないのだが、どうしてもさっきの平折の反応が気にかかる。

もう一度お伺《うかが》いを立てるかのように平折を見れば、少し眉毛を八の字にしつつも、大丈夫ですという笑顔を返された。

◇◇◇

「おーし、行こうぜ昴」

「あぁ」

「じゃ、僕はここで失礼するよ」

「あたしもここで。また明日ね」

「さ、さよなら……」

放課後、駅で皆と別れる。

ちなみに梅谷までの途中に家の最寄り駅があるのだが、急行は停まらないので平折とはここでお別れだ。

何ともいえない表情の平折に《なるべく早く帰る》とメッセージを送ったら、《はい》という短い返事だけが戻ってきた。少しばかり罪悪感で胸がチクリとする。

平折のことが気になる一方で、有瀬陽乃と会えば何か引っかかっていることがわかるかもしれない……そんな、ちょっとした期待感があるのも事実だった。

「カーッ！　早く生の有瀬陽乃を見てみてぇ！　オレ、芸能人とか見るのって初めてなんだよな～、くぅぅ～っ！」

康寅はといえば、どこまでもテンションが高く、目的地までの道中の間ずっと、ミステリアスで少し幼げなところが堪《たま》らないとか、あんな年下彼女が欲しいだとか、妹だったら思いっきり甘やかすのに、などと有瀬陽乃について熱く語っては悶《もだ》えていた。

向かった先は梅谷にある、大きな書店のビルだった。

学校の体育館ほどもある広さの敷地の6階建てで、かなりの大きさである。近場の本屋が次々と姿を消している昨今、図書館でもないのにこれほどの本に囲まれるのは圧巻だ。

その書店ビルの普段は使われていない最上階のフリースペースが、今日の会場らしい。

入り口付近にある案内板を見てみれば、今日の有瀬陽乃だけでなく、他にも様々な著名人を集めてはイベントを行っているようだ。

こうしたイベントを開催することによって、人を呼び込んでいるのだろうか?

本屋に入る前からすでに、俺たちみたいな制服姿の中高生だけじゃなく、年かさのスーツ姿の人たちの姿も見えた。ぱっと見たところ、全体の過半数が中高生や大学生だろうか? ちらほらと俺たちと同じ学校の制服も見られる。いかに同世代に人気があるのかがわかる。

『写真集を購入した方から、こちらに並んでくださいーっ!』

イベント会場にまで上がると、そこでは本屋のロゴ入り法被《はっぴ》を着たスタッフたちが人の流れを整理していた。どうやら先に写真集を買わないといけないらしい。

「げ、軍資金が……すまん昴、お前に買ってもらう分は立て替えといてくれないか? 明日返すからさ」

「康寅……ったく、お前な……」

そんなこともあり、自費で2000円を払い写真集を購入する。

別に欲しかったわけじゃないので、付属のクリアファイルと団扇《うちわ》に困惑したりも。

そして一緒に渡された整理券と共に、意気揚々とサイン待ちの列に並ぶ康寅を追いかけた。

サイン待ちの列は結構な人数が並んでいた。優に100人は超すだろうか？　遠目に有瀬陽乃のふわふわした髪が、忙《せわ》しなく動いているのが見える。

だが彼女も、そしてスタッフも優秀だった。これらの手順に慣れているのか、列の進み具合は思った以上に速い。20分もすれば順番が回ってきそうだ。

康寅は完全に意識が有瀬陽乃に向いてしまっていた。

そわそわと落ち着きがないばかりか、話しかけても反応がない。手持ち無沙汰になった俺は、やれやれといった感じで、手にした写真集へと視線を落とす。

「…………ふぅん」

表紙からして目を惹《ひ》くものだった。

白いセーラー服姿で小川に戯《たわむ》れる有瀬陽乃は、鮮烈な存在感を放っている。だというのに、何故かそのまま水に攫《さら》われてしまうような、自然に溶けていくかのような、そんな不安にも似た感情を抱かされてしまう、不思議な空気を纏っていた。

パラパラと他のページも捲《めく》ってみる。

私服姿で街や自然の中で一緒にデートをしているような構図の絵が目に留まる。しかしどうしたことか、目を離すとそのままいなくなってしまうかのような透明感を持っている。

そう、まるで今にも神隠しに遭《あ》いそうな……っ!?

その時どうしたわけか、子供の頃遊んだ神社のことが、強烈に脳裏にフラッシュバックしてしまった。まるで過去にそんなことが実際にあったかのような——

「いつも応援しています！　あ、サインはここへ、『康寅君』『陽乃ちゃん』と、相合い傘でおねしゃーっす！」

「あはは、いつもありがと……ん、これでいいのかな？」

「うぉおおぉおぉおぉっ！　あざーっす！」

いつの間にやら列は進み、気付けば康寅の番まで回っていた。

康寅は思わず他人の振りをしたくなるようなハイテンションではしゃいでいたが、こういうリアクションは珍しくないのか、有瀬陽乃もスタッフも特に咎《とが》めるようなものはない。

「はい、次の……方……っ!?」

「あーその、俺は……っ！」

康寅のすぐ後、俺の順番が回ってくる。

そしてお互い顔を見合わせると、息を呑み固まってしまった。

「……」

「……」

初対面のはずだ。だけど、何故か懐かしいだなんて思ってしまう。

そして全然似ていないはずなのに、どうしてか平折の顔が脳裏を過《よ》ぎる。

「昴ー、そっちは普通な感じのサインをもらってくれよー！」

「康寅っ！」

「――ッ!?」

康寅の呼び声で我に返る。時間にしてほんの数秒の出来事だっただろう。

そして俺の名前を耳にした有瀬陽乃は目を見開き、様々な感情をその顔に浮かべた。驚きの色が鮮明で、目尻には涙さえ浮かべている。南條凜が被っていた猫を脱ぎ捨てた時のように、不意打ちを受けて、彼女の素《す》の部分を曝《さら》け出したかのようにも思える。

しかし、それでも有瀬陽乃はプロだった。

そのような動揺を見せたのも一瞬、すぐさま今までと同じ調子を取り戻し、従来通りの応対を再開する。

「はい、サインはこちらの方に書いておきますね――すぅくん」

「…………え？」

今度は俺が驚愕《きょうがく》で目を見開く番だった。

有瀬陽乃からはやけに感情の込もった瞳を向けられている。

『見つけてくれたすぅくんへ　ひぃちゃんより』

それだけでなく、写真集には鳥居を模したイラストと共に、そんなサインが書かれていた。

思わず固まってしまう。

――有瀬陽乃はひぃちゃん、なのか……？

彼女の反応、そしてこのサイン。もはや疑うべくもない。

その事実に俺は、完全に動揺してしまっていた。

だが疑問も残る。『見つけてくれた』と書かれたサインの意味がわからない。

確かに俺は、幼い頃ひぃちゃんという子供とよく遊んだ憶えがある。

あの頃のひぃちゃんはガキ大将のような存在で、皆の中心にいて誰彼構わず周囲を振り回す女の子だった。きっとそんな彼女からしてみれば、特に目立つところもない俺なんて、よく遊ぶ大勢の中の1人だったはずだ。

それに有瀬陽乃を見て、どうして平折を連想してしまったのかということも……

ひぃちゃん――有瀬陽乃に目をやれば、どこか悪戯が成功したかのような顔で、チロリと舌先を見せて片目を瞑《つぶ》る。

「わたしのこと、応援してくれてるんだね」

「いや、これは……」

「ふぅん……その制服、隣の県のとこだよね？　いいなぁ、そこの女子の制服って可愛いから一度着てみたいなぁ」

「俺はその……」

しどろもどろになっていると、有瀬陽乃は他の客とは違い質問を浴びせてくる。

必然、特別扱いされているような様相になり、周囲からのやっかみの視線が痛い。

だが有瀬陽乃はそんな状況に陥《おちい》っている俺を、楽しんで見ているようだった。

「有瀬さん、そろそろ……」

「あ……こほん。これからも応援よろしくね、すぅ、すぅくん？」

「あ、あぁ……」

1人あたりの交流時間が決められているのか、スタッフから注意が入ったようだった。

俺はそれに救われる形となり、思わず安堵《あんど》のため息をつく。

「かくれんぼの鬼、今度はわたしね」

「……え？」

去り際《ぎわ》、有瀬陽乃は俺にだけ聞こえるようにそんなことを囁《ささや》いた。

どういうことかと振り返ると、既に次の客のサインと談笑に移ってしまっている。

――かくれんぼ。

何かがそれに引っかかった。かくれんぼだというのに、俺は誰かの手を引く姿が思い浮かぶ。

まるで重要な事柄が俺の記憶の中で隠れているかのようだ。必死になって記憶の糸を手繰《たぐ》り寄せれば――

『すぅくん！』

必死に俺に手を引かれる――

「昴ー、こっちこっち！」

「っ！　康寅」

思考の沼へと引きずり込まれそうになった時、康寅の能天気な声が俺を掬《すく》い上げてくれた。

だが出入り口の近くで写真集に頬ずりしながら俺を呼ぶ姿は、相も変わらず見ていて他人の振りをしたくなる。頬をだらしなく緩ませ恍惚《こうこつ》の表情を浮かべているので尚更だった。大きなため息をつく。

「おぅ、サインはどうだった？　ほれ、早く早く！」

「あ、いやそれは……」

康寅に催促されて、そこで本来どういうつもりでサイン会に来たかを思い出す。

しかし写真集に書かれた文字のことを考えると、康寅に渡すどころか、見せるわけにもいかないだろう。どうしたものかと煩悶《はんもん》していると、康寅は急にポンッと手を叩き、そしてどこか納得したドヤ顔で俺と肩を組んできた。

「わかる、わかるぞ昴。お前も有瀬陽乃のファンになっちまったんだな。だから写真集を渡すのが惜しくなってしまったんだろ？」

「康寅……？　あぁ、まぁ、うん。そんなところだ」

「だよな！　初めて間近で生の有瀬陽乃を見てしまったけどさ、顔とかすっげぇ小さいしあり得ないくらい可愛いし、ドキドキしっぱなしだったわ！　あ、昴が緊張でガチガチになってるのもばっちり見てたからな、ふひひ」

「……は、ははははっ、まぁうん、そういうことだから」

康寅は先ほどのことを変に勘違いしているようだった。

だが都合がいいのでそれに乗っかることにする。

帰りの電車でも康寅の話題は有瀬陽乃についてばかりだった。その内容はほとんどが妄想だったのだが、中には『陽乃ちゃんが妹だったら毎日一緒に登下校するのに』『家でだらしない姿を見て自分だけにしか見せないものだと思って独占するのに』といった、何となく笑えないようなものも多い。

そんなことを聞かされた時に限って『昴もわかってるなー』なんてドヤ顔をされるものだから、ドキリとすると共に、正直ちょっとウザかった。

康寅と別れ電車を降り、すっかり暗くなった家までの道を1人で歩く。最近はずっと平折と一緒だったので、なんだか新鮮なような、それでいて寂しいような気分になってしまう。

歩きながら考えるのは、平折と有瀬陽乃のことだった。

平折の反応を見るに、有瀬陽乃のことは知っていたように思う。少なくともひぃちゃんだと気付いていたはずだ。

しかしわからないことが多い。

もし、昔あの神社で平折がひぃちゃんとも交遊があったというだけでは、ああはならない。

一体何があったかと思い出そうとするが、既に遠い過去のこと過ぎて記憶も朧気《おぼろげ》だ。

それでもサイン会へ出かける前の平折の顔を思い出すと、一刻も早く帰らなければという使命感にも似た思いに突き動かされて、自然と早足になってしまっていた。

「ただいま」

家に帰って声を上げるも反応はない。

それだけでなく、陽が沈んで結構な時間が経《た》っているにもかかわらず、家の中は真っ暗だった。

廊下もキッチンもリビングも、目に飛び込む範囲に灯《あか》りが点《とも》されていない。弥詠子《やえこ》さんはまだ親父の所だ。一瞬平折は出掛けているのかと思ったが、玄関は不用心にも鍵が開いていた。

手探りで玄関の灯りを点《つ》け、キッチンやリビングを見渡していくが、どこにも平折の姿は見えない。

どこか心に芽生えてくる不安を抑えつけ、二階へと上がり自分の部屋へと足を踏み入れる。

「……ぁ」

「平折……?」

そこには暗闇の中、俺のベッドの上で膝《ひざ》を抱える平折の姿があった。

帰ってきてずっとそうしていたのか、制服姿のままだ。しかしブレザーの前のボタンは外されており、いつもはタイツや靴下で覆《おお》われている足は剝《む》き出しで、短いスカートからは普段見えない白い太ももまで露《あらわ》になっている。

中途半端に脱ぎかけの制服で膝を抱える姿は、健全な思春期男子にとって際《きわ》どい姿といえる。

だが平折の目尻に光るものを見つければ、とてもじゃないがそんな気持ちを抱くことはできやしない。

……そういえば、以前にも似たようなことがあった。

「あのその、私っ……」

「……」

俺に気づいた平折は急に慌てだした。きっと、俺の部屋に来たのは無意識の行動だったのだろう。だから俺は敢《あ》えて視線をずらして隣に座る。

肩が触れ合うほど至近距離で密着し、触れた手をどうしたものかと逡巡し、そしてまるで抱きかかえるかのように引き寄せて、平折の頭を撫でた。

「んっ」

「……ぁ」

指の間をくすぐる絹のように滑《なめ》らかな髪は、触っているだけでも気持ちいい。

戸惑いつつも、平折に潤んだ瞳で見上げられると、今度は違った意味で見ていられなくなって目を逸らす。きっと俺の顔は真っ赤だったと思う。

平折は安心して気が抜けたのか、全身の力を抜いて俺に寄りかかってきた。頭はコテンと俺の肩を枕にしている。

「「……」」

俺たちは無言だった。会話はなくとも、いつもの穏やかな空気が広がっていく。

いい加減腕が疲れてきたので撫でる手をずらそうとすると、平折が「ぁ……」と切なそうな声を上げるので、ひたすら頭を撫でるしかない。しかも平折は甘えるかのように俺の身体に額を擦《す》りつけてくる。まるでマーキングだな、なんて思ってしまう。

しかしいかに相手が平折《義妹》とはいえ、年頃の少女特有の柔らかい身体を押しつけられ、甘い匂いに鼻腔をくすぐられながらのスキンシップというのは、かなりの理性が要求される。

だがその一方で妙な既視感があった。もしかして昔、これと似たようなことがあったんじゃ……そんな思いが、胸の奥からこんこんと湧き続けていた。

「……どこか、行っちゃうんじゃと思いました」

「平折を置いて、どこかに行くわけないだろ?」

「そう……ですか?」

「……あぁ」

ふと、平折がそんな言葉を零《こぼ》す。

そんなこと、と一笑《いっしょう》に付《ふ》すにはあまりに情感が込められている。どういうことだろうか？

……もしかしてそれは、出会った時の怯えたような表情と、何か関係があるのだろうか？

だけどそれを追及する気にはなれない。

今はただ、俺はここにいるぞという想いを込めて、平折の髪を撫でるだけだった。

「……すぅ……すぅ」

「平折……？」

それまで張りつめていた緊張の糸が緩んだのだろうか？　俺に身を委《ゆだ》ね、安心しきった平折は、いつしか規則正しい寝息を立て始めてしまった。

これほど気を許しているということを嬉しく思う反面、先日平折が『わ、私だって女子ですので！』と言ったことに対して、『俺も男なんだぞ』と言いたい気分になってしまう。

でも、この穏やかな顔を見られるなら――

『～～～♪』

「……っ!?」

突如スマホがメッセージの着信を通知した。

平折を起こしてはいけないと慌てて画面を操作する。南條凛からだった。

《おーい、今日はログインしないの？　フィーリアさんもいないし寂しいんだけど！》

《悪《わり》ぃ、俺はインできるけど、平折はちょっと厳しいかもしれん》

《…………は？》

《うん、どうした？》

《……どうして、フィーリアさんのログインと平折ちゃんが関係してるの？》

「……あ」

思わず口から変な声が漏れる。慌てていたせいで、フィーリアさんのことを平折と打って返事をしてしまっていた。

背筋に嫌な汗が流れる。

これは俺の油断が招いた事態だった。

## 3時間目 Play Time. 正体

　俺はスマホを手に固まってしまっていた。

　別に南條凜《なんじょうりん》に隠しておくつもりなんてなかった。

　先日の平折の右頬の件も片付き、タイミングを見て説明しようと思っていた矢先、平折《ひおり》が俺と幼馴染みだなんて言うものだから意識が完全にそっちの方へと行ってしまって……しかし、それこそ今更か。ただの言い訳だ。

　結局どれだけ言葉を重ねたとしても、俺が南條凜に不義理を働いていたことには変わりがない。

　スマホは依然《いぜん》として沈黙したままだ。

「どうしたもんかな」

「……ふぇっ!?」

「っと、おはよう?」

「あ、あの、私……っ」

ガリガリと頭を掻こうとしたら、その拍子で平折に手が当たり起こしてしまう。

今の平折は、俺の肩を枕にこてんと頭を乗せている格好だ。顔も近い。仲のいい兄妹でもなかなかしないだろう密着具合だ。

そのことに気付いた平折は慌てて俺の枕を手繰《たぐ》り寄せ、顔を埋《うず》めて隠す。

「ご、ごめんなさいっ」

「あ、俺の枕――」

平折は首や耳まで真っ赤に染め上げ、脱兎《だっと》のごとく逃げ出した。

残された俺は、色んな意味でどうしたものかとため息をついた。


色々考えても堂々巡りだった。適切な言葉が出てこない。

このままだと埒《らち》が明きそうもないので、俺は気持ちをリセットしようと夕食作りに取りかかる。……現実逃避は百も承知だ。

メニューは市販の冷凍ピラフがあったので、それと卵を使ってのオムライス。

時刻は7時半過ぎ、普段ならとっくに夕食を終えている時間だ。手早く作れる冷凍食品は重宝している。

ちなみにキッチンの様子を見るに、平折が使った形跡はない。

おそらく平折も夕食はまだなのだろうと思い、2人分作ることにした。いらないと言われればラップをかけて、明日の弁当にでもすればいい。

それに、平折にも南條凜とサンクのことを話しておきたかった。

オムライスが出来上がり、平折の部屋の前に立つ。自分でも思った以上に緊張している自覚がある。大きく一つ深呼吸をし、コンコンと2回ノックした。

「平折、ちょっといいか？」

「っ⁉」

「その、夕飯作ったんだが、よかったら一緒にどうだ？」

「〜〜っ！」

「平折……？」

ドタバタと、部屋からは何か騒がしい音が聞こえてきた。

それがたっぷりと数十秒は続き、そしてガチャリとドアが開く。

「た、食べる」

「そ、そうか」

平折はまだ制服姿のままだった。先ほどと同じく女子としては隙《すき》のある、家だからこその気を緩めた格好だろう。普段見せることはない鎖骨《さこつ》がちらりと覗いた。こんな時に不謹慎ながら、少しドキリとしてしまった。

あまりじろじろ見るものじゃないと目を逸《そ》らせば、部屋にあるゲーム画面が映し出された平折のノートパソコンが目に入る。そして息を吞む。その画面にはサンクらしきゴスロリ男の娘《コ》のキャラとチャットをしている様子が映し出されていた。

——これはバレたか。

「……行こう」

「は、はい」

気まずい顔で席に着く。目の前の平折は、俺と目を合わそうとしない。

なんともいえない空気だった。……まったくもって自業自得だけど。

カチャカチャと、スプーンと皿が奏《かな》でる音だけが部屋に響く。

早々に食べ終えた平折は小さな声で「ありがと」という言葉を残して部屋に戻る。

「「……」」

1人になった俺は、はぁ、とため息を一つ。

皿の残りを一気に搔き込み、そのままの勢いで食器とフライパンを洗い始める。とはいえ冷凍食品がメインだったので、洗いものは少ない。

そして物足りないとばかりに風呂場に移動し、浴槽を洗って湯を張る。そのまま自分も洗ってしまえと、まだ湯の溜まりきらない湯船に入る。

なんとなく、気持ちを整理する時間が欲しかった。

……平折と南條凜は、俺が黙っていたことをどう思っただろうか？

今更かける言葉もないだろう。さっきの平折は、顔を合わそうともしなかった。そのことを思い出すと胸がズキリとする。だけどこの痛みは俺が撒《ま》いた種だ。受け入れなければならない。

ただ、最近現実でも仲が良くなった平折と南條凜が、このことでギクシャクしてほしくはない。それだけが気がかりだ。

俺はその不安を押し流すように、ザパッと頭から湯を被った。

他にも色々考えていたら、結構な長風呂になってしまっていた。

部屋に戻る。目の前には愛用の目覚まし時計と真っ暗な画面のデスクトップパソコン。

時刻を見れば9時半過ぎ。いつもならとっくにログインしている時間だ。

正直、ゲームをする気にはなれなかった。だが、謝るなら早い方がいいだろう。

それにゲームなら一度に2人共に説明できる――そんな打算もあって、ゲームを立ち上げた。

『こんば――』

『待ってた、です』

『あ、クライス君やっと来た！』

『やぁ、いいところに来たねクライス君』

『――え？　サンクにフィーリアさん……それにアルフィさん……？』

覚悟をもってログインしたにもかかわらず、平折と南條凜の態度はいつもと同じ様子だった。

それだけでなく即座にパーティ招待まで飛ばしてきて、一体どういうことかと首を捻《ひね》ってしまう。また、ログイン時間が不規則なアルフィさんがいたのも意外だった。

フィーリア《平折》さんもアルフィさんとは昔からの知り合いなので、一緒に遊んでいても珍しいことではないのだが……

俺の困惑をよそに話はどんどんと進んでいく。

『ギミック、難しい、です！』

『えっとね、ほら、死者の砦《とりで》のスカルドラゴン！　サンク君とアルフィさんの攻略！』

『僕もそこで詰まっちゃっててね、フィーリアさんを見かけたからお手伝いをお願いしたってところさ』

『ああ、なるほど』

死者の砦のスカルドラゴン。そいつは最新ダンジョン間近のボスモンスターだ。

一見《いちげん》さんは漏れなく床との親交を深めることになるギミックが満載のいやらしい相手で、俺もフィーリア《平折》さんと随分と苦労して攻略した覚えがある。

確か、あの時もかなり夜更《よふ》かしをして、翌日寝坊しかけたっけ。

話を聞くにどうやらさっきまでこの3人は、野良募集で追加メンバーを交えながら何度か挑戦したみたいなのだが、ことごとく失敗してしまったらしい。

『ギミック、全種類確認したです！　だから、次、大丈夫！』

『あはは、僕もサンク君に負けないよう頑張らないと。前回は僕のミスで終盤の戦線が崩れたし、それにさっきの野良の方、上手《うま》かったのもあって申し訳なかったよ』

『っ！　そんなこと、ないです！　最初の方、こっち、即死ばかりで！』

『じゃあ、次こそ頑張ろうか！』

『おー、です！』

それにしても今日が初顔合わせのはずのサンク《南條凜》とアルフィさんは、この短い時間で随分と打ち解けているようだった。今もあの攻撃の時はどう対処すれば、このパターンのボスの誘導場所はどこがいいだとか、和気藹々《あいあい》と話し合っている。

……まぁ、南條凜のコミュニケーション能力を考えれば当然か。

とにかく、なんだか拍子抜けだった。

何を言われるか身構えていたのに、どこまでも平常運転だ。

もし平折の性格を考えると、南條凜がサンクだと知ってしまえば明らかに動揺して挙動不審になることだろう。だというのにこれは……

だとしたら考えられることは一つ。……もしかして南條凜は平折に何も言っていないのか？

『自分は、弓と黒魔術、育ててる、です。アタッカーも、できます！』

『ていうわけで、ここはクライス君がタンク役でいいかな？』

『ははっ、僕は剣しか使えないからね』

『確かにあそこはタンクの動きが肝《きも》になるところだからな、ここは俺が引き受けよう。他にも注意点だが――』

ごちゃごちゃ考えるのは後にしろと言わんばかりに、サンクは周囲に積極的に話しかけ、攻略しようと急《せ》かしている。今はまだ、平折とフィーリアさんの件について話すつもりはないということなのだろうか？

それならばと、俺はそれに甘えることにして、頭の中を切り替える。

『――以上だ。よし、じゃあ行ってみるか』

『『おぉーっ（です）！』』

そしてこの日は深夜になっても、クリアするまで何度も付き合わされたのだった。

◇◇◇

「はっ、はっ、はっ」

早朝の住宅街を走る。日課のランニングだ。

結局昨日は色々とタイミングを逃した形になって、なんだか胸の中にモヤモヤとしたものが残っている。

そんな思いと夜更かしの眠気を振り払うかのように、いつもより速いペースで走った。

「ただい――」

「お、おはよぅ……っ！」

「――おはよう、平折」

「き、昨日は気が抜けたというか、寝ちゃって……あぅぅ……」

「昨日？　寝ちゃって？」

「その、昴《すばる》さんの部屋で……」

「あぁ……」

家に戻ると、どこかもじもじしている平折に出迎えられた。

どうやら平折が昨夜の夕食時に目を合わせてくれなかったのは、至近距離で寝顔を晒《さら》してしまったのが恥ずかしかったかららしい。

俺は大丈夫だ、あまり見てないとか気にするな、そんな思いを込めて頭を撫でれば、平折は「んっ」と声を漏らし、わかったと言いたげな顔で目を細めて頭を手に擦《す》り寄せてくる。

その行動にどこか安心した自分がいた。いつもと同じ日常に戻ってきたような気になった。

「「……」」

結局その後、特に言葉を交わすことなく一緒に登校する。

そこには、いつもと変わらない空気があった。

「おはよー」

「うーす、昴、吉田《よしだ》さん」

「おはよう、吉田さん、倉井《くらい》君」

いつもの合流場所に着いた時も、同じやり取りが行われる。

まるで昨日は何もなかったかのような様子に、思わずホッと息を吐く。

だけど完全になかったことにはできはしない。スッと南條凜が傍《そば》に寄ってきて、一言。

「倉井、後で話があるんだけど」

「あ、あぁ」

去り際《ぎわ》に見えた彼女の目は、どこか剣呑《けんのん》な光を放っていた。


この日の南條凜はどこか様子がおかしかった。平折を強く意識するあまりなのか、あからさまにそれが態度に出てしまう。

昼休みで集まっての会話も、どこか空回りしている。

「テ、テストの出題範囲だけど、平《ひ》ぉ……んんっ、じゃなくて、倉井はどう思う?」

「……ん、どうなってもいいように、満遍《まんべん》なく手を広げるのが理想的だが……」

「……あー、オレ全然勉強してないわー、なぁ今度勉強会でも開かねぇ？」

「……そ、それはいいかもしれないね。僕も苦手な教科があるし」

「……あぅ」

南條凛本人もそのことを自覚しているのか、何とかしなさいよとしきりに俺を小突いてくる。

とはいうものの、俺は南條凛がどういうつもりなのかがよくわからないので、肩をすくめるばかりだ。しかし、そんなやりとりはどうしても目につく。

なんとなく俺と南條凛の間に何かあったのか察した皆は、早く何とかしろよと言いたげな視線を投げかけてくる。

俺はそれに対し、軽く首を振ることしかできなかった。


そして放課後になって早々、南條凛が俺のクラスへと乗り込んできた。

「倉井、いいから付き合いなさい」

「わかった、わかったから強引に手を引くのはやめてくれ！」

有無を言わさぬ勢いと表情だった。周囲からも、好奇と驚きの視線が突き刺さる。

教室を出てすぐの廊下に康寅《やすとら》たちがおり、「ちゃんと謝ってこいよー」という声を背に受けつつ連れ立って学校を出る。

……平折のジト目が、痛かった。

◇◇◇

南條凜のタワーマンションに招かれるのは、これで何度目だろうか？

リビングに通されても、身体が緊張で強張《こわば》ることはさすがになくなってきた。

「で、どういうことかしら？」

ソファに深く腰をかけ、腕と脚を組んだ南條凜は、据わった目で俺を詰問してくる。顔立ちが整っているだけあって妙に迫力があり、背筋が自然と伸びてしまう。

「その、言い訳になるが、別に騙すつもりはなかったんだ。平折が頬をぶたれた件もあって、なかなか言い出す機会がなかっただけで……すまない、謝るよ」

「……そうね、あの時は状況が状況だったたし、それに倉井は悪意をもって隠し事をするような奴じゃないってことは、よぉくわかっているわ。でも――」

「凜……？」

「ああぁあたし、ゲームで平折ちゃんにどんだけ恥ずかしいことを言ってたと思うのよーっ!?」

そう言って南條凜は、顔を真っ赤にして悶《もだ》え始めた。

ぼふんとソファに身を投げ出して、クッションに顔を埋めて足をバタバタ。そして時折「のぉぉおおぉおぉっ」とか「うきゃぁああぁあっ」というくぐもった声が聞こえてくる。

　そんな少し幼げともいえる行動に、俺も驚き狼狽《うろた》えてしまう。

「平折ちゃん本人に向かって『助けたい』とか『仲良くなりたい』とか『周囲が気に入らない』とか！　あぁ、もう！　今思い出しても赤面モノのこと言ってたんですけどぉ!?」

「あーその、なんだ。平折はまだサンクのことが凜だとは気付いてな――」

「それも問題なのよ！　てっきり平折ちゃんはあたしがサンクだとわかってたものだと思ってたけど、そうじゃないっぽいし、余計にどうしていいかわからなくなるし！」

「そ、そうか」

「大体平折ちゃんとフィーリアさんって全然キャラが違い過ぎるのよ！　あれを同一人物だなんて気付けって方が――」

「凜」

「……っ！　な、何さ」

「平折が普段と違うのはいけないことか？　変だと思うか？」

「はぁ!?　んなわけないでしょう！　だってその、あたしだっていつもと違うしさ……」

「そうか、良かった」

　俺が一番懸念《けねん》していたのはそこだった。

　確かに普段の平折とフィーリアさんはキャラが違う。しかしどちらも平折という女の子を形成する大事な要素だ。

学校でもゲームでも、平折と南條凛の仲はいい。その仲が拗《こじ》れることだけが心配だった。

南條凛が双方の平折を受け入れているならば、それはもう杞憂《きゆう》だろう。安心からか、顔が緩むのを自覚する。

「……倉井は卑怯《ひきょう》よ」

「黙っていて本当に悪かった」

「そういうんじゃ――あぁ、もうっ！」

「凛……？　――っと！」

ボスッといい音を立ててクッションを投げつけられた。別段もう怒っているというわけではなさそうだが、機嫌がいいというわけでもなさそうだった。

――女子って難しいな。

最近、つくづくそんなことを実感する。

「あぁ、そうだ。凛」

「何さ」

「お詫びというわけじゃないが、俺にできることがあったら言ってくれ。今回の件で何かしたいんだ」

「ふぅん……？」

きっとこれは自己満足みたいなものなのだろう。だけどケジメとして、何かしらの誠意を彼女に対して見せたかった。

　ジッと見つめる俺を、南條凜は何かを推し量るかのような瞳で見つめ返してくる。とても真剣で、吸い込まれそうな綺麗な瞳だ。

「何でも？」

「何でも」

「……もし、今付き合ってる彼女と別れて、というような無理難題でも？」

「……は？　いや、彼女なんていたことないし、それは……」

「くすっ、そうね、そうだったわよね」

「凜……？」

　いきなり妙な質問をされたかと思うと、急に機嫌がよくなり笑いだした。先ほどからコロコロと感情が変わるので、話についていくのが大変だ。

　ほんと、女心と秋の空とはよく言ったものだと思う。

「そうね、やってほしいことは二つあるわ。一つは平折ちゃんにあたしとサンクのことを説明して、ちゃんとフォローを入れること」

「わかった。今日にでも平折に話して何とかする」

「もう一つはこれ。ここに行きたい」

「これは……」

そう言って南條凜が見せてきたのはスマホの画面だった。

『FCO×カラオケセロリ　コラボフード開催中！』

それは俺が初めてフィーリアさんとしての平折と出会った場所のモノだった。なんだか不思議な縁を感じてしまう。

「あんたと平折ちゃんと……皆で行きたい……」

「そん――」

そんなことでいいのか、と言いかけて口を噤《つぐ》む。

南條凜の瞳はとても真剣で、それでいて怯《おび》えにも似た色を放っていた。

まるで子供が怒られるかもしれないけれど、おねだりをしているかのような表情だ。

そっと目を逸らし、周囲を見回す。とても綺麗で整った、どこか生活感のない空間が広がっている。……南條凜の家庭環境を考えると、なんとも形容しがたい思いが胸に湧く。

きっと南條凜にとって、これは凄く勇気のいるおねだりなのかもしれない。

だからその想いを軽く扱うことに、ひどく抵抗を感じた。

「――あぁ、皆で一緒に行こう」

「…………うんっ」

はにかんで返事をする南條凜は、眩《まぶ》しいくらいに無邪気な表情で、ドキリとしてしまう。

――卑怯なのは凜の方じゃないか。

熱くなる顔を背けながら、俺はそんなことを独り言《ご》ちた。

◇◇◇

南條凜のタワーマンションを後にする。

駅に向かう道中、考えるのはただただ平折のことだった。

もちろんのことながら、平折にサンクが南條凜ということは伝えていない。しかし先ほどの南條凜を思い返せば、平折は別にそれを悪く思わないという、確信めいたものが自然とあった。

だけど平折に黙っていたのは事実だ。さて、どうやって伝えたものかと頭を悩ませる。

「おぅ、昴ー！　……って、この昴は今の昴だな？」

「ん、康寅？　奇遇だな、って、いきなり何を言ってんだ？」

駅前で、ゲームセンターのある方向から歩いてくる康寅に遭遇した。

何やら要領の得ないことを言っており、狐に化かされたような不思議そうな顔をしている。

「いやさ、あの後皆で帰って確かに駅前で吉田とも別れたはずなんだ。だっていうのにさ、ついさっきまたも吉田と出会ってさ」

「は？　何か用があって戻ることもあるんじゃないのか？」

「それが私服だったし、髪型とかも以前のイモダサいのに戻してたんだよな」

「……見間違いなんじゃないの？」

しかし康寅の顔はどこか釈然としていなかった。

それよりもこいつ、以前の平折をイモダサいって……いや、否定はできないけどさ……

「うーん、そうかな……？　あ、それより南條さんとはどうなったよ？」

「あー……多分、明日からは元通りだと思うよ」

「そっかぁ～、くぅ～っ、南條さんと２人でお喋《しゃべ》り、いいなぁ！」

「はいはい」

そう言って茶化す康寅と別れ、電車に乗った。

こういう時、細かいことを聞いてこない康寅の心配りはありがたい。あれでいて何かと気がつくやつなのだ。そこがアイツのいいところだと思う。


——さて、平折にサンクと凜のことを何て言ったものか。

電車の中で考えるのはそのことばかりだった。

言うならばなるべく早い方がいいだろう。できればゲームにログインする前がいい。

だが、説明するにしても良い言葉がなかなか浮かんでこない。

どうしたものかと頭を悩ませながら、電車を降りて改札を抜ける。

「……ぁ」

「平折……？」

そこでは平折が待ち構えていた。俺が南條凜の家に行っていた時間を考えると、30分は待っていた計算になる。

不意打ちだった。心構えができていなかったので、なんだか落ち着かなくなる。

ちなみに先ほど康寅が昔のような姿でどうこうと言っていたが、学校にいた時と同じ、身だしなみに気を遣《つか》った可愛らしい姿だ。そこで疑問も湧く。

――どういうことだ？

色んな疑問が脳裏に湧き起こる。

気持ちを落ち着かせるために、コホンと咳払《せきばら》いを一つ。改めて平折を見てみる。その顔は複雑な表情をしており、様々な感情が入り混じっているように見える。

どこか怒っているようであり、心配しているようであり、泣きそうでもある。

平折と南條凜は友人だ。親友と言ってもいいかもしれない。

恐らく、今日の彼女の態度から色々思うところがあったのだろう。それを俺の口から説明するのは、義務だと思った。

「平折、話がある」

「凜さんのこと、ですよね」

「あぁ」

「……」

何ともいえない状況である。俺たちはすぐさま話をすることができなかった。お互いなんだかんだ気持ちを整理しているといった様子だ。

改札は帰宅ラッシュのおかげで人通りが多く、この場で突っ立っていては邪魔だろうと、どちらからともなく家に向かって歩き出した。


すっかり西に傾いていくのが早くなった夕日が、俺たちの影を長く伸ばす。

「「……」」

俺たちは無言だった。いつもと違い、気まずい空気だった。

何か話さねばと思うが、どう切り出していいかわからない。

平折の様子を窺《うかが》ってみれば、唇を固く噛みしめ、手も強く握りしめられている。

きっと俺も、似たような顔をしているのだろう。

俺たちは互いに緊張していた。この空気が、より言いだしにくい空気を醸成していた。

だけどこのまま黙っているわけにもいかない。意を決して、深呼吸をする。

「あのな、実は――」

「待ってくださいっ！」

「――平折？」

「ここじゃ、ダメ、です……家で……その準備を……」

普段の平折からは考えられないほど大きな声で遮られる。この場での明確な拒絶の意志が込められていた。その悲痛ともいえる声色に、俺は「わかった」としか呟《つぶや》くことしかできない。

日暮れの住宅街に、二つの足音だけが無機質に響き渡っていた。


「準備ができたら行きます」

「あぁ」

そう言って玄関口で別れた平折は、トタトタと自分の部屋へと戻っていく。

俺もその背を追いかけるようにして自分の部屋へと戻る。のろのろと制服から着替えをすれば、ほどなくして部屋の扉が叩かれた。

「……平折？」

「私の部屋、来てください」

「あ、あぁ……」

一瞬呆気《あっけ》に取られてしまう。

目の前の平折はハイウェストで絞られた桜色のワンピースに白のカーディガン、いつぞやのフィーリアさんの格好《戦闘服》だった。心なしかメイクもばっちり決まっている。

気合いの入った平折に気圧《けお》されつつ、彼女の部屋の扉を潜《くぐ》った。

――そういえば平折の部屋には初めて入るな。

物珍しさもあって、部屋を見回す。

モノトーンを基調とした、シックで落ち着いた雰囲気の部屋だった。それはなんとなくだけど、以前のもっさりしていた頃の平折を連想させられて、どこか懐かしい感じもする。

しかし一歩足を部屋へと踏み入れると、リビングやキッチン、自分の部屋とも違う、少し甘い香りが鼻腔をくすぐった。それが急に平折のプライベート空間に今いるのだということを強く意識させられてしまい、何だか気恥ずかしくなってくる。

部屋の中央には小さなローテーブルがあり、俺たちはそれを挟んで向き合うように腰を下ろす。目の前に映る平折の目は真剣だった。何かの覚悟さえ決めた気迫を纏《まと》っている。

「平折、凛のことだが――」

「わ、私は！　私はその……ある程度、気づいて……いました」

「そう、か……」

「だって凛さん、あなたと話す時だけ、すごく優しい顔をしているんです。他の人と違って気を許しているというか、本当の自分で接しているというか……その……」

きっとそれは、俺が南條凛の被っている猫を脱ぎ捨てた姿を知ってしまったからだろう。よく見ているな、とも思う。そういえば平折も南條凛がゲームを始めたばかりの頃、寝不足を誤魔化すメイクにも気付いていたっけ……

他にも色んなことがあった。

平折はそれを、敏感に感じ取っていたのだろう。それらのタイミングで、サンクの紹介だ。

あの時、南條凛の身近にいた平折なら、どういうことか気がついてもおかしくはないか。

「隠すつもりはなかったんだ。けど、黙っていたのは悪かった！　その、謝って済む問題ではないと思うけど……ごめん」

「あ、謝らないでください！　わ、私は……っ！　私は……お似合いだと思います……」

平折の語尾は消え入りそうなほど小さかった。目には涙を浮かべており、その顔はショックを隠しきれていない。

それでも気丈に振る舞い、瞳にはこの事実を受け入れようとする意志の強い光があった。

……俺の好きな瞳だった。

「そうか、凜にもそのことを伝えてやってくれ」

「はい……すぐには無理だけど、凜さんにもいつかきっと……」

「え？　いや、今夜ゲームにログインした時でいいんじゃないか？」

「…………ふぇ!?」

何かが嚙み合っていなかった。

平折を見てみればポカンとした表情で、キョロキョロと目を泳がせている。正座している膝《ひざ》をもじもじと擦《す》り合わせ、何かを誤魔化そうとそわそわしているかのようにも見える。

そしてハッと息を呑めば、顔をどんどん赤く染めていった。

「あのですね、平折さん」

「あ、はい」

「なんていいますか、ゲームのサンクがですね、実は南條凜さんだったということはご存じでしたでしょうか？」

「い、いいえ、今存じ上げました」

「それでですね、実は昨日フィーリアさんが平折さんだということが南條凜さんにバレてしまいまして、今日はあんな態度になっておりまして、はい」

「は、はぁ……なるほど、そういうわけ……だったんですね」

「「……」」

何故か敬語になってしまっていた。お互いバツの悪そうな顔を見合わせる。

そして今語られた話の内容に理解が追いついたのか、今度は顔色をみるみるうちに驚愕《きょうがく》のものへと変えていく。

「え、あの、その、サンク君が、凜さん……？」

「ああそうだ、黙っていて悪か――」

「ふぇえええええええぇっ！！？！？！！？」

「――ひ、平折？」

平折の部屋に、どこから出しているんだと言わんばかりの驚愕の声が響き渡るのだった。

その後、俺は南條凜に連絡して、時間を示し合わせてゲームにログインした。

『あーその、こんばん……は？　あは、あはははは……』

『こ、こんばんは、です……』

『……』

『……』

画面の中ではゴスロリ男の娘《コ》と狐耳和服袴《はかま》っ娘《コ》の美少女2人が、ぎこちない挨拶を交わしている。お互い何を言っていいかわからず、距離感を探り合っている様子だ。

そして――

「……ぁぅ」

「俺を見られてもな」

現実の俺の隣でも、どうしたものかとオロオロしている平折の姿があった。

最近定位置になりつつある俺のベッドの上から、迷子のような表情でこちらを窺ってくる。

気持ちはわかるし、それに元はといえば俺が原因だ。でも平折と南條凜の問題でもある。

だから2人で話をしないことには前へ進まないだろう。とはいえ、フォローに関しては南條凜にも頼まれていたことだ。

そして、俺たちはゲームをしていた。だからこそ、俺にもできることがある。

『ま、あれだ。こういう時は狩りにでも行こう』

『さ、さんせーい！　そうだね、なんかこう、ぐわーってした感じのハードなやつがやりたい！』

『ぼ、僕も！　余計なこととか、考えない、忙しいやつが、いいです！』

俺の提案に2人は渡りに船とばかり乗ってくる。何を話していいかわからない時こそゲームだろう。だってこれは、俺たち共通の趣味なのだから。

俺たちが向かった先は、先日クリアした死者の砦の地下にある、拷問部屋のような場所だ。

そこで画面の処理落ちが心配になるほどのおびただしい数の、武器を持った骨や腐った動く肉塊といったアンデッドモンスターを相手にする。

『おい、ちょっと多すぎないか!?』

『あっはっは、もっと集めたい気分だよ！』

『もっと、どーんとこい！　です！』

2人はいつもよりテンションが高かった。普段ならしないような、大胆な行動やネタともいえる戦術を取ってはしてやらかす。はっきりいって効率という面ではグダグダだった。だけどそれが何だか無性に馬鹿馬鹿しくて、自然と口元が緩んでいくのがわかる。

そんな俺と同じ気持ちなのか、ベッドに陣取る平折も、時々くすくすと笑い声を漏らしていた。画面の向こうにいる南條凛も、きっと同じように笑っているに違いない。

いつもの調子に戻るのは、時間の問題だろう。

それよりも俺は、別の問題を抱えていた。

平折は俺のベッドの上でぺったんと女の子座りをしながら、俺の枕をクッション代わりに抱きかかえ、目の前にノートパソコンを置いてゲームパッドで操作するというプレイスタイルだ。

それだけなら珍しくもないし、別にいいのだけれど、平折はプレイをしていると「あっ」とか「やっ」という声を出しながら、身体も一緒に動かしてしまう癖《くせ》がある。そうすれば自然と丈の短いスカートが捲《めく》れ上がってしまって、際《きわ》どい部分が見えそうになってしまう。

本人はそのへんのガードのつもりで枕を抱いているのだろうが、正面はともかく横からのガードは完全に疎《おろそ》かになっていた。

——一言、注意したほうがいいんじゃないだろうか？　……だがどうやって？

『下着が見えそうだぞ？』『足元が大変になってる』『スカートはもう少し長い丈の方がいいんじゃないか？』『俺の目を気にしてくれ』

だが、そのどれを選んでも、顔を赤くして逃げていく平折の姿がはっきりと思い浮かぶ。

平折と一緒の部屋でゲームをするのは楽しい。

ちょこちょこと小動物のように忙《せわ》しなく身体を動かしてしまうところや、感情の昂《たかぶ》りから漏れてしまう声は、何だか微笑ましくてずっと見ていたくなる。

だから、この部屋からいなくなるのは寂しいと思い、声をかけるのが躊躇《ためら》われてしまった。

「……？」

「いや、何でもない」

俺の視線を感じたのか、平折はどうしたの？　という顔で首を傾《かし》げた。

――これを無自覚でやるから堪《たま》らないな。

平折は俺を信頼している。きっとそれは自惚《うぬぼ》れではないはずだ。俺にとってそれは嬉しくもあり、誇らしくもある。だからその信頼を裏切るようなことはできない。

『ふぅ、楽しかったね！　いいドロップも出たし、満足満足！』

『同じく、です！　でもこれ、僕がもらっていいです？』

『あぁ、持ってけ。耐性アップの指輪なんてタンクをやる奴が持ってた方がいいだろ』

いつしか狩りは終わりを迎えていた。

手持ちの回復薬やＭＰといったゲーム内でのリソースや、現実世界での体力も使い果たしており、心地よい疲労感と充実感に包まれている。しっかりとレアドロップも手に入れたし、尚更だ。

ひとまず成功だといえるだろう。俺たちは今まで通りの空気を取り戻していた。

『しかし試験も近いな。さすがにゲームを控えたほうがいいか』

『うっ、いきなり現実に引き戻さないでよ！　それに……わたし全然勉強進んでいない……ど、どうしよう』

『点数さえ取ってれば、問題ない、です！』

『そんなことをさらりと言われてもな……と、また明日な』

『あはは、取れない勉強しないと……学校でね！』

『また、です！』

別れの挨拶をしてログアウトする。平折も疲れたのか、両手を上げてぐぐーっと伸びをしてノートパソコンを仕舞う。俺は部屋に戻ろうとする平折を呼び止めた。

「あ、待ってくれ？」

「……はい？」

「今回の件でお詫びというわけじゃないが、平折に何かしたいんだ」

「…………ふぇ？」

落ち着いたとはいえ、この件では平折にも不義理を働いていたのも事実だ。

だから、平折へも誠意を示すために何かしたかった。

「「……」」

話を振られた平折は、どうしたことかと目をぱちくりとさせる。突然のことでどうしていいかわからないといった様子だ。顎《あご》に人差し指を当てて悩むことしばし。

「……今すぐじゃなくても、いいですか？」

「あぁ、全然かまわない」

「うん……じゃあ何か考えておきます」

「思いついたら何でも言ってくれ」

きっとこれも自己満足なのだろう。だけど、これで少し肩の荷が下りた気がした。

足取り軽そうに自分の部屋に戻る平折を見て、そう思った。

◇◇◇

「お、ぉはよぅ……」

「お、おはよっ……」

「……」

「……」

「……くすっ」

「……あはっ」

翌朝、いつもの改札前で平折と南條凜が挨拶を交わす。

最初はどこかぎこちなかったが、すぐさま互いに変に緊張しているのが可笑《おか》しくなって、すぐに笑いを零し始める。どうやら現実《こちら》でも問題なさそうだった。

そんな儀式めいた2人の挨拶を見守ってから、俺も挨拶をする。

「あー、おはよう凜」

「ん、倉井もおはよ……それと、ありがと」

「別に……そういや康寅や坂口《さかぐち》は？」

「今日はまだ見てないわね……って噂をすれば」

後ろを振り返ってみれば、康寅と坂口健太《けんた》が俺たちに向かって手を振っていた。何だか珍しい組み合わせだな。

「うーっす！」

「やぁ、おはよう」

「ほらな坂口、いつもの吉田だろ？」

「あぁうん、そうだね……」

挨拶早々、2人はよくわからないことを言いだした。そして坂口健太はジロジロと平折を見ては狐につままれたような顔をする。一体どういうことだろうか？

「あんたたち、平折ちゃんを見て何なの？　まさかまた変な噂が……」

「ち、違うよ！　何て言ったらいいのか……これは僕だけが見たんじゃないのだけれど……」

「もったいぶるわね」

「坂口たちがさ、昨日の部活帰りに昔のイモダサかった頃の吉田を見たって言うんだよな。オレも昨日見ているし」

「なにそれ、ドッペルゲンガー？」

「さぁ？」

「…………っ」

またも、平折に似た人物を見たという話だった。

そういえば昨日、康寅も見たとか言ってたっけ？

どうやら坂口健太も部活帰りに複数人で目撃し、皆が昔の平折の姿に似ているという。

誰なのだろう？　それほどまでに似ているのだろうか？

「平折……？」

「……ぁ」

何か心当たりはないのかと平折を見てみれば、少し青褪《あおざ》めた顔で俺の制服の裾《すそ》を引っ張っていた。どうしたことかと平折の顔を覗《のぞ》き込めば、本人も裾を引いた自分の手を見て目を見開く。

無意識でやったことなのだろうか？　だがそれは、とても珍しいことでもあった。

最近の平折は俺の部屋で一緒にゲームをしたり、甘えてくることがある。だがそれらは家や、2人だけの時の話だ。学校や他に誰かがいる時は、逆に俺を避ける傾向にある。

平折は慌てて手を離す。幸いにして皆には気づかれていない。

「ま、吉田はこの通りだし気のせいだろ。行こうぜ」

「そうだね……変なこと言ってごめん」

そして、今までの話なんてなかったかのように、学校に向かって歩き出す。

確かに平折に似た女の子というのは気になる。他人の空似だとは思うが……そう思い南條凜に目を向けてみるも、肩をすくめて顔を小さく横に振られるだけ。

ならばと平折の方を窺《うかが》ってみると――

「そういや昴、昨日聞きそびれたけど陽乃《ひの》ちゃんの写真集でどのカットが一番良かった？」

「……え？」

「……ふぅん？」

「や、康寅!?」

――そんな康寅の質問に、平折だけでなく南條凜の歩みも一瞬止まってしまった。ピシリと、この場の空気が軋《きし》むような音が聞こえてくる。

「俺はやっぱ表紙が一番かなー！　あの透明感っていうの？　それだけじゃなくサインも入ってるし、やっぱ特別って感じだわ！」

「へぇ……倉井って祖堅《そけん》君の予備を買うのに付き合ったんじゃなかったっけ？」

「買った、のですか……？」

「あーいや、その、俺は……」

何故か南條凜の目が、まるで獲物を狙う肉食獣のようにスゥっと細められる。そして平折の

表情が消えると共に、瞳からは虹彩《こうさい》の輝きが失われる。

そんな2人に見つめられれば、たじろぐあまり背筋につぅっと嫌な汗が流れてしまう。

だがそんな俺の様子など知ったことかと、康寅は言葉を重ねていく。

「おぅ、言ってなかったっけ？　サイン会でいざオレに渡そうって時になってさ、昴の奴ってば急に渋りだしたのよ。これはピンときたね！　これは陽乃ちゃんの可愛さにメロメロになっちゃったって！　な、同志よ？　ふひひ！」

「……そうなんですね」

「ふぅん……へぇ……倉井ってああいう娘《こ》が好みなんだ？　だからあたしに手を――」

「――ちょっ、おい、凜！」

思わず妙なことを口走ろうとする南條凜の手を取った。

こちらへと振り向いた南條凜は、「何さ」と言ってジト目で不満げに頬を膨《ふく》らませている。

確かに以前、彼女に誘惑じみた真似をされたことがあったが……もしかして何かプライドを傷つけたというのだろうか？

平折は平折でくいっと袖を引っ張っており、目の笑っていないニコニコ顔を向けてくる。

――勘弁してくれ。

この状況をどうしていいかわからなかった。つい先ほどまでどこかギクシャクしていた2人の少女は、完璧な連携をもって俺を威圧してくる。

「う、うん。有瀬《ありせ》陽乃は人気があるからね。そんな子を間近で見たら、思わずファンになってしまったというのも、わからなくはない……かな？」

「おい、坂口！」

「だよなー、って、坂口もわかってんじゃん！」

「は、ははは……」

「……ふんっ」

「……ぷぃ」

見かねた坂口健太が助け船のつもりでフォローを入れるが、それは平折と南條凜の機嫌をますます損《そこ》ねさせ、康寅を調子づかせるだけだった。

はぁ、まったく……

以前の平折は、一言で表すと地味で目立たない女の子だ。人混みに紛《まぎ》れ込むと、どこにいるのかわからなくなる。

だからというか、学校ではかつての平折に似た子の話題なんて上っていないようだ。

康寅や坂口、そして平折のクラスの数人からは目撃情報が寄せられたが、それは以前の平折の姿をよく見知っていたからだろう。

皆、気づかないのだ。今の平折の姿しか知らない人なら、なおさら。

それよりも校内での話題といえば、来週に迫った中間テストについてばかりだった。

俺たちもそんな空気に引っ張られ平折のそっくりさんの話題はどこへやら、昼休みの話題もテストのことへと完全にシフトしていた。

「はぁ、テスト勉強しているとさ、妙に部屋が片付くんだよな……」

「康寅、お前……」

「他にもさ、頭をすっきりさせてから勉強しようと仮眠を取るつもりが、気付けば朝だったりだとか……」

「祖堅君、それは……」

康寅はどこか達観したような顔で、そんなことを言いだした。坂口健太は乾いた笑みを浮かべ、平折や南條凜は呆れて白い目になり、俺も盛大なため息をつく。

康寅の気持ちもわからなくない。そういえばと思い出し、平折と南條凜を見れば、少しばかり悪戯心《いたずらごころ》が湧いてきた。今朝の意趣返しのつもりもある。

「康寅、他にもテスト勉強しようと思って、いつの間にかゲームのキャラのレベルが上がってるとか、そういうこととかないか？」

「昴、さすがにオレもテスト期間中にゲームにかまけたりはしねーよ、机には向かうって！」

「はは、さすがにゲームに電源を入れるのは一線を越える気がするよね」

「………っ」

「……うっ」

平折はそっぽを向き、南條凜の目は泳ぎ始める。

あ、こいつら……

ちなみに過去を思い返せば、テスト期間が明けるごとにフィーリアさんのレベルが不自然に上がっていたり、レアドロップを入手していた、なんてことが多々あった。

……つまり平折は試験勉強期間中に、ついついゲームをやってしまう常習犯だった。

これは今回、ちゃんと勉強するよう注意した方がいいか？

「てわけでさ、今度の休みの日は皆で集まって勉強会しようぜ。家だと誘惑多くてさ、頼むよ」

「そうだな、康寅。皆と一緒の方が、サボり防止になるもんな」

「僕も賛成だ。１人でやるより効率いいだろうしね」

「い、いいわね！　学校近くの図書館とかどうかしら⁉」

「い、異議なし、です……っ！」

そんなわけで、あれよあれよという間に勉強会が開催される流れになった。

発起人《ほっきにん》である康寅は「おっしゃー！　美少女２人と一緒に勉強会デートじゃー！」と雄叫《おたけ》びを上げ、その不純な動機を隠そうとしない。

平折と南條凜はやれやれとジト目で康寅を見ているが、ゲーム云々《うんぬん》の話題が逸れてホッとしたような顔をしたのを見逃しはしない。そしてしばらく、俺と目を合わせようとしなかった。

その後、放課後になる頃には勉強会に関する詳細が決まっていった。

部活でこういうことに慣れているのか、坂口健太が色々手際《てぎわ》よく取りまとめていく。

俺はといえば、少しわくわくしていた。

今までこういう風に誰かと集まって試験勉強なんてしたことがない。皆も同じ気持ちなのか張り切っている康寅だけでなく、平折と南條凜もどこか落ち着かない様子に見える。

――サンクとフィーリアさんのことがバレる前よりいい感じだな。

そんなことを感じながら、皆と駅で別れた。

「「……」」

電車の中、そして家までの帰り道の途中、いつものように無言だったけれど、どこか高揚していた。

平折と南條凜の問題が解決したというのも大きいだろう。少々浮かれていたと言っていい。

だからその言葉は、俺を現実に引き戻すのに十分な威力があった。

「ひぃちゃん」

「……え?」

足が止まる。

振り返れば夕日に照らされた住宅街の真ん中で、平折がどこか寂しそうに影を落とした表情で佇《たたず》んでいる。

ひぃちゃん――有瀬陽乃。

今では、その呼称が誰を指すのかわかっている。

俺は固まってしまっていた。それでいて平折から目を離せない。

平折は力なく笑ったかと思うと、おもむろに俺の背中に手を添えた。

「平折……？」

「すぅくんはどこまで覚えていますか？」

「っ!?」

そして今度は、動揺が混乱へと塗り替えられる。

憶えて？　どこまで？　何を？

「俺、は……」

何かを言いたかった。だが言葉に詰まる。

ひぃちゃん……彼女について知っていることは非常に少ない。

昔、神社に行けばよく一緒に遊んだ活発な女の子で、年上相手にも物怖《ものお》じせず周囲を引っ張り回していたという記憶くらいだ。どちらかといえば我が儘《わまま》なところがあった子だと思う。

だけど当時の俺はそれを不快に感じることはなかったし、もし本当に嫌なら何度も神社に訪れてなんていない。

　それに当時の俺は――

「ひぃちゃんの顔とかハッキリ覚えていない。自分が中心となって周囲を振り回す女の子がいたかな、くらいの記憶だけだ」

「そう、ですか」

「平折はひぃちゃんを……有瀬陽乃を知っているのか？」

「……はい」

　そう言って平折は、俺の制服の背中をぎゅっと摑む。

　何故だかそれは、俺を引き留めているようでもあり、俺に縋《すが》っているかのようにも思え――それ以上の質問を拒絶しているかの印象を受けてしまった。背中に感じる存在が、ひどく脆《もろ》いもののように錯覚してしまう。

「……んっ」

　時間にして十数秒、深呼吸をして気持ちを切り替えるには十分な時が流れ、平折は手を放した。背中に感じる熱が遠ざかることに、ほんの少しだけ物寂しさを覚えつつも、俺はいまー つ状況を呑み込めていなかった。

　どうしてこのタイミングで平折がひぃちゃんの話題を出したかわからなかったし、今の返事で平折がどう思ったかもわからない。

　だけど、いくつか気になることはある。

「なぁ平折……俺たちって、実はもっと昔に会ったことがあるのか？」

「……一度だけ」

「それって……」

「きっと、憶えていないと思います」

そう言って平折は困ったような顔で笑みを浮かべる。

その表情の意味がわからない。俺の眉間《みけん》に皺《しわ》が寄っていくのがわかる。そんな俺を見た平折は困った顔のまま、しかしどこか慈愛を感じさせる表情で俺の顔――先日殴られた頬に手を添えた。

「すぅくんは、いつだって無茶をするんです」

「それ、は……」

平折の手は少しひんやりしていた。おかげで考え過ぎて熱を持ち始めていた俺の頭が冷やされていくのがわかる。少し冷静になれば、今度は違った意味で頬が熱くなっていく。

にわかに動揺し始めた俺を、平折はどこか不思議そうな目で見ていたが、しばらくすると自分が大胆なことをしていることに気づいたのか、慌ててその手を引っ込めて俺から離れた。

「ん……こほん、帰りましょうか」

「お、おぅ」

平折は咳払いを一つ。話はここまでとばかりに家へと向かって歩き出す。

それ以上、何も話さなかった。きっと昔一度だけ会ったことについても、ひぃちゃん——有瀬陽乃が密接に関係しているに違いない。

だから、続きを話すにはまだ役者が揃っていない——そんな気がした。


家に戻り自分の部屋に入ると俺は、有瀬陽乃の写真集を取り出した。

『見つけてくれたすぅくんへ　ひぃちゃんより』

見返しにはそんな文字が躍っているが、生憎《あいにく》と意味がわからない。

何かの記憶の取っかかりになればと、パラパラとページを捲っていく。

写真集の中の有瀬陽乃は、どこか神秘的な雰囲気で、独特の魅力がある女の子だった。なるほど、康寅が夢中になってサイン会に行こうとした気持ちもわかる。

彼女は確かにひぃちゃんなのだろう。だが、記憶の中にある、どこか暴君じみた印象の彼女からは、目の前の有瀬陽乃は想像しづらい。眉間に皺が寄る。

——まぁ、平折も見違えたしな。

確かひぃちゃんと遊んでいたのは、小学校に上がった頃だったはずだ。10年近くは経《た》っている。成長して、色々変わっていてもおかしくはない。

そんな感想を抱きはしたが、何かを思い出すきっかけにはならなかった。

「…………」

そもそも俺は、なるべく当時のことは思い出さないよう、むしろ積極的に忘れようと努めてきていた。

……丁度その頃、俺は産みの母を亡くしたばかりだったから。

父は寂しさからなのか仕事に没頭するようになっていた。だから俺のことまで気が回っていなかったのだろう。学童保育なんて申し込みさえしておらず、家でずっと1人。

とにかく1人になるのが嫌で、子供たちの遊び場である神社に足しげく通っていたのだけは覚えている。騒いで寂しさから逃れられればそれでよかった。正直誰かと遊ぶのではなく、孤独感を紛らわせるのが目的だったので、どんな相手と遊んだかはほとんど覚えていない。

ひぃちゃんと出会ったのは、そんな頃だ。

だから写真集を眺めていても眉間の皺が深くなるばかりで、特に大したことは思い出せなかった。

「ま、可愛い娘だとは思うけどさ」

「へぇ……やっぱりこういう娘が好みなんですね……」

「……っ、平折!? あ、いや、そういう意味じゃなくて……っ！」

「ノックや私の声に気づかないくらい夢中だったのに？」

「いやその、えっと……」

すぐ隣にはいつの間にか平折がいた。一緒に有瀬陽乃の写真集を眺めている格好だ。

どこか不貞腐《ふてくさ》れた顔で自分の胸をペタペタと触り、涙目で「牛乳の役立たず」と呟《つぶや》いている。

俺はそんな視線に耐えられず、慌てて机の奥へと写真集を押し込んだ。

ちなみに余談だが有瀬陽乃はモデルも務めているだけあって、平均よりかは小さいながらもしっかりと視認できるほどのものがある。

「いいんですけどね。私だって男の人はそういうことが必要だってわかっていますし？」

「まてまて平折、ちょっと勘違いしている！」

そんな平折の姿を見てみれば、白地に赤い花をあしらったカットソーに水色のティアードスカート。いつぞや一緒に服を買いに行って、俺が選んだものだった。そして先ほどの呟き。

……う、ちょっと気まずい。

しかし、どうしたものかと頭を悩ませていると、平折が抱えるノートパソコンが目に入る。

「……平折、さすがにテスト終わるまでゲームはどうかと思うが」

「ふぇっ!?　ち、違っ……そ、そうです！　これはですね、凜さんを監視するのに必要かなと思いまして……っ！」

「…………」

「うぅ……あぅ……」

今度は俺がジト目で平折を見つめる番だった。

スッと顔を逸らした平折は、俺と目を合わそうとしない。

「「……」」

「……ぷっ」

「……くすっ」

「とりあえず、ログインだけして放置しておくか。これも監視だな」

「ふふっ、そうですね」

停学期間と同じく、今度はお互いを監視し合うことに。なんだか俺たちらしかった。

そしてお互いの部屋に戻る。さすがに俺の部屋に平折のノートパソコンと勉強道具を置くだけの物理的なスペースはない。

『…………あ』

『サンク君……？』

『試験前なのに、どこへ行くつもりだ？』

ログインして早々、目に飛び込んできたのは、頭上にパーティ募集申請のアイコンが出ているサンク《南條凜》の姿であった。思わずこめかみを押さえる。

『りふれっしゅ』『もうすぐれれるあがr』『きりがいい』『kれがおわったら勉強するところだったです』『気持ちよく勉強するコツ、です』

すぐさま募集申請のアイコンがなくなると共に、怒濤《どとう》の言い訳がチャット欄に躍る。

画面越しで南條凜が慌てふためいて必死にキーを叩いているのを想像すると、やけに可笑しくなって笑いが零《こぼ》れた。普段学校では見せない、ゲームだからこその姿だろう。きっと平折も笑っているに違いない。

『サボらないようにお互いに監視、だな』

『はい、です……』

『まぁまぁ、でもこういう時だからこそ打ってつけの育成方法があるよ、ほら！』

そして今度はチャット欄が、/action /itemsearch /skill……といったもので一気に埋め尽くされる。他の据え置き型のゲームではまず見ないものだろう。

『これは何、です？』

『生産職《クラフター》用のマクロだよ』

『マクロ？』

『えっとね、マクロというのはね――』

マクロというのは一定の行動を1ボタンで実行できるようにする機能のことである。

例えばレイドバトルなどで戦闘不能者が出て、その際に複数の回復役《ヒーラー》がいた場合、蘇生魔法の行動と「対象○○を起こします」という宣言をするチャットを組み合わせれば、行動が被るのを予防することができるだろう。

『これはね織物師のやつで、店売りの素材でひたすらマフラーを作るマクロだよ。時間はかかるけど金策になるしレベル上げにもなるし、こういう時にお勧めだよ』

『なるほど、です。マクロで組めるだけ、組み込むといいです？』

『そうだねー、それで大体1周するのに10分から15分はかかるから』

『早速マクロ、組むです！』

『お前らな、勉強もしろよ……』

『『はーい（です）！』』

狩りにこそ出掛けることはなくなったのだが、妙な展開になっていった。

いやまぁ確かに勉強の合間にならこれくらいは……いいのか？

まぁなんだ、その概要を聞いただけで即座にシステムを理解して実践《じっせん》する南條凜も凄いと思うし、この状況の抜け穴のようなプレイを発見する平折も凄い。

けど、うん。是非その能力を勉強に向けてもらいたいと思う。

『ここってａｔじゃなくてｏｎ？』

『最初の式をＹに代入でいいの？』

『ここの「いとあわれ」の訳だけど……』

しかしいざ勉強を始めれば、チャットを通じて質問も飛び交い合う。

ゲームをしているのにかかわらず、勉強が捗《はかど》っている。

不思議な感じだったけど、やっぱり俺たちらしいなとも思うのだった。

◇◇◇

日曜日、勉強会当日となった。

待ち合わせ場所はいつもの学校最寄《もよ》り駅の改札前。

普段と同じ場所だが時間は違う。それに制服でなくて私服。

ただそれだけなのに、なんだかとても新鮮な感じがする。

「皆さん、まだですね」

「そうだな」

待ち合わせ場所で周囲を見渡してみるも、まだ他に誰も来ていなかった。

時計を見れば9時18分。約束の時間は9時半、早く来すぎたというわけでもない。

ちなみに隣にいる平折の格好は、秋の空を連想させる色合いのチェック柄ワンピースに落ち葉色のジャケット。そして勉強で長い髪が邪魔にならないように、左右におさげ。

秋らしい落ち着いた雰囲気で、少しだけ大人っぽく見える。

「あら、まだ2人だけ？」

「あ、凜さん」

「俺たちも今来たばかりだ」

ややあって、やってきたのは南條凜だった。

白と黒のボーダーのトップスにデニムジャケット、それにふくらはぎまで届くミモレ丈の黒いチュールスカート。これといって特筆すべき点のない装いだが、彼女が着ることによってその服の良さを十二分に引き出されていた。平折も思わずほぅ、とため息をついてしまうほどだ。

その南條凜はというと俺たちの目の前でくるりと身を翻《ひるがえ》し、どうよ？　と言いたげな表情だ。

「で、倉井？　感想は？」

「……美人は何を着ても似合うな」

「誉《ほ》め言葉として受け取っておくわ。で、あんたのそれ……」

「あぁ、この間ゲームチャットで勉強中に私服の話になって、凜と平折に考えてもらったやつだな。どうだ？」

「ふぅん……馬子《まご》にも衣装、かしらね」

「精進するよ」

そんな言葉を交わし、くすくすと笑い合う。

すると、今度は康寅と坂口健太がやってきた。

「やぁみんな、待たせちゃったかな？」

「おーっす、寝坊してめっちゃダッシュし……うおぉおぉおっ！　吉田と南條さんの私服姿！　くぅ、来てよかった！」

「祖堅君……まぁ、いつもの制服と違って私服姿が新鮮だっていうのはわかるけど」

「あ、あはは……」

「康寅お前……ほら、馬鹿やってないで行くぞ」

興奮した康寅は、舐《な》め回すような目つきで平折と南條凛を見ていた。

康寅の無遠慮な視線が恥ずかしかったのか、平折は俺の背後に隠れてしまう。

俺たちはそんな康寅をなだめながら、図書館に向かって歩き出した。


図書館は、駅から学校とは反対方向の住宅街にほど近い、山の手にあった。

市立の大きな建物で、地方都市あるあるなのか、駐車場がやたらと広い。

皆考えることは同じなのか、朝のこの時間だというのに、同世代と思《おぼ》しき少年少女が多く利用している。

俺たちは空いている大机を見つけ、そこに陣取り教材を広げていく。

「「「「……」」」」

いざテスト勉強が始まれば、皆は集中して教材に取りかかっていった。

カリカリ、シャッシャッというペンを走らせる独特の音が周囲に響く。

時折誰かが口を開きはするが、「そこはｈａｖｅ　ｔｏ」「数式を一度分解」といった、必要最低限の言葉が交わされるばかりである。

結構な数の利用者がいるにもかかわらず、やけに閑静だというこの特殊な空気が、俺たちから無駄話を奪う。

なるほど、確かにこれは捗るな。

皆で集まるから、勉強が横道に逸れて遊んだりするんじゃないか？　そんな危惧もあったが、なかなかどうしてこれはいい感じだ。

それだけじゃない。

顔を上げれば目の前で、参考書を手に眉間に皺を寄せている平折が、南條凜に解き方を懇切《こんせつ》丁寧《ていねい》に教えてもらっていたりもする。

なんだか、ここ最近目にしていたゲーム内とは逆の感じなのが面白く、思わずクスリと笑いが零れてしまう。

「昴、何か面白い問題でもあったか？」

「いや別に。何となくだよ」

「そうか……オレはちょっと腹が減ってきちゃったよ」

その時、グゥ、と康寅の腹が鳴った。あまりに良いタイミングで鳴るものだから、皆からも笑いが漏らされ、康寅もへへっと恥ずかしそうに頭を掻く。

時計を見れば11時半を少し回ったところ。たっぷり2時間は勉強しており、さすがに集中力も切れかけていた。

「少し早いけど、お昼にしてもいいわね」

「僕も賛成だ。頭を使うと、部活後のようにお腹が空くね」

そうして一旦駅前まで戻り、お昼を摂《と》ることになった。

入ったのは放課後に時々利用する某ハンバーガーチェーン店。

俺たちはそれぞれ好みのセットを注文し、康寅だけは質より量！　といわんばかりに110円のハンバーガーを単品で四つも頼んで、皆を呆れさせていた。

そして、大テーブルの一つを囲む。

「いやー、それにしても皆、真面目にひたすら勉強するなんて思いもよらなかったぜ」

「何言ってんだ、康寅」

「でもこういうのも悪くないわね。1人でやるより断然捗るわ」

「そうですね」

「わからないところを誰かに聞けるだけじゃなく、教えることによって復習になるのもいいね」

話題は午前中の勉強会についてだった。

今も康寅がもっとキャッキャウフフとしたイベントが欲しいとか言っている。……いったい康寅は勉強会に何を求めているのだろうか？

なんだかんだ飛び出す会話も概《おおむ》ね好感触で、やってよかったと思う。想像以上に勉強が捗ったしな。

それに——

「平折ちゃん、そのナゲットのソースって甘いやつ？」

「凜さんのは辛口でしたっけ？　一口交換しませんか？」

平折と南條凜の様子は仲睦《むつ》まじく、微笑ましかった。見ていると胸が温かくなる。康寅も、そして坂口健太も同じ思いなのか、２人を見て頬を緩ませている。

ほんの数ヶ月前までは想像もしなかった光景だ。

ゲームがきっかけだと思うと、なんだか不思議な気分になる。

とにかく、これからも仲良くやっていけたらいいな。

「ふぅ、美少女たちの和気藹々《あいあい》とした様子はたまんないね。昴、オレたちも負けてらんねぇ、ポテト交換っこしようぜ！」

「あ、おい！　康寅が頼んだのはハンバーガーだけだろう？」

「ははっ、祖堅君、僕の激辛ハバネロポテトもどうぞ」

康寅が俺のポテトを掻《か》っ攫《さら》っていけば。今度は坂口健太に真っ赤なポテトを押しつけられ、うげぇ、と仰《の》け反《ぞ》る。

それを見て「何やってんのよ」と南條凜も平折も呆れながらも笑い声をあげるのだった。

昼食を終え、少し長話をして店を出る。

午後からも夕方まで勉強会の続きだ。「せっかく集まったんだから遊びに行きたいよなぁ」なんて言う康寅が皆の呆れた笑いを誘う。

平折のイジメや南條凜とサンクの件も片付き、全ては良い方に向かっていた。

だけど問題というのは、予期せぬところからやってくる。

丁度ハンバーガー店から出てすぐ、ばったり彼女と遭遇してしまった。

「……え？」

「……っ!?」

黒いパーカにデニムのパンツ、それに長い髪を引っ詰めて押し込んだ帽子に眼鏡。地味な女の子だ。その子と目が合えばみるみるうちに目尻に涙が溜まり、そして感極まったという様子で抱き着いてきた。

「すぅくんっ！」

「いやっ、ちょっ!?」

突然の出来事に、色んな意味で皆が驚き目を見開く。

俺も混乱の最中《さなか》にあったが、それよりも女の子に抱き着かれるということの気恥ずかしさが勝り、慌てて引きはがす。そしてまじまじと彼女を観察する。

なるほど、確かに昔の平折によく似た女の子だ。先日、康寅や坂口健太たちが騒いでいたの

もわかる。

「うそ……っ!?　ど、どういうこと!?」

「あ、この子だよ、この子！　うわ、そっくり！」

「え、吉田さんが2人……!?」

「……ぁ」

南條凜も康寅も坂口健太も、まるで幽霊を見ているかのような表情で彼女と平折を交互に何度も見比べている。まぁ確かによく似ているし、気持ちはわからなくはない。

だけど平折の背はもう少し小さいし、体格もちょっと違うし、声の感じも違う。それに顔立ちも平折はどこかぽやんとした感じがあるが、この子はどこかキリリと締まっている。

俺から見れば完全に別人だった。眉間に皺が寄る。

「……君は誰だ？」

「あ、そっか。今は変装してたんだっけ」

「っ!?」

そう言って彼女が帽子と一緒にカツラと眼鏡を取り去れば、意外過ぎる顔が現れた。

さすがに俺も息を呑みまじまじと見つめてしまう。彼女はというと、してやったりと言いたげな悪戯っぽい顔で、チロリと赤い舌先を見せている。

「……え、嘘」

「ど、どうなってんだ!?」

「吉田さんが……えぇっ!?」

「…………」

「ひぃちゃん――有瀬陽乃」

現役スーパーモデル、有瀬陽乃の姿がそこにあった。

その事実に理解がついていかず、南條凜たち3人の思考は、完全に停止してしまっている。

そんな中、有瀬陽乃――ひぃちゃんは平折と向かい合い、切なそうな、それでいて申し訳ないような顔で爆弾を落とす。

「一目見てすぐにわかったよ。それから、ちゃんと会いたかった――おねえちゃん」

「「「っ!?」」」

「私、は……」

状況が上手く呑み込めない。ちらりと平折の顔を見てみれば、その表情は優れない。

だけど有瀬陽乃を嫌悪しているといった様子はなく、どちらかといえば怯《おび》えているかのようにも見受けられる。あまりにも複雑な感情が渦巻いており、それを読み取ることができない。

一方で、有瀬陽乃の表情もいいものだとは言えなかった。

申し訳なさと切なさが同居しており、更には愛《いと》しい者へと向ける親愛の念が感じられる。

今すぐ駆け寄りたいけれど、遠慮している……その複雑な心境が伝わってくる。

平折と有瀬陽乃は、ただただ互いの顔色を窺うかのように見つめ合っていた。

「……大丈夫、お父さんはいないから」

「……そう、ですか」

安心してと言いたげな有瀬陽乃の言葉に、平折の気が緩むのがわかる。

俺は依然《いぜん》としてこの状況がよくわからないが、それでも確認するべきことがあった。

「おねえちゃん……て言ったな」

何とかその言葉を絞り出す。有瀬陽乃は、平折に向かって姉と呼んだ。

平折は俺の義妹《いもうと》だ。同じ屋根の下で暮らす家族だ。何でも知っているわけではないが、それでも多くのことを知っている。だが、その平折がどうして姉と呼ばれるのかが思い当たらない。

そんな俺の顔を見て、有瀬陽乃はようやく自分の発言が失言だったと気付き、バツの悪そうな顔を作る。

「実は姉妹なんです……じゃ、ダメかな?」

「全然似てないだろう?」

そう断言した俺に、康寅と南條凜が即座にツッコミを入れる。

「いやいやいや待て待て待て！　何言ってるんだ昴、さっき昔の吉田と瓜二つだっただろう!?」

「そ、そうよ！　あたしも平折ちゃんの双子か何かだと思ったわ！」

南條凜はしっかり見ろと言わんばかりに、カツラを有瀬陽乃に被せ、そして平折があぅあぅと鳴くのにも構わず、その髪をぐしゃぐしゃにして引っ詰めにした。

「うわ、自分でも言うのもなんだけど、おねえちゃんそっくり……」

「あぅ……」

「これは……僕も驚いたね」

「……そうか？」

坂口健太だけじゃなく、南條凜や康寅、それに有瀬陽乃自身も言葉が出ないようだった。

うーん、だけどなぁ？

確かに平折と有瀬陽乃はよく似ている。

それでもちゃんと見れば身長も体格も顔立ちも違うし、そこまで似ているとは思えない。

姉妹と言われればわからなくもないが。しかし、それよりも気になることがある。

「……写真集に載《の》っていたプロフィールでは、有瀬陽乃は5月生まれの16歳、そして平折は2月生まれの16歳。姉妹というにはさすがに無理があるぞ」

「あはは、ですよねー……ね、おねえちゃん？」

「……この方たちならいいですよ。それに、にわかに信じられないと思いますので」

有瀬陽乃がお伺《うかが》いを立てれば、どこか諦《あきら》めた顔で頷《うなず》く平折に許可をもらい、そして困った顔で秘密を打ち明けた。

「私たち、異母姉妹なんです」

「なっ!?」

頭が真っ白になる。脳が理解するのを拒否していると言ってもいい。

胸の中では何か嫌なものが渦巻き、辛《かろ》うじて残っていた理性を動員して我に返ると、真っ先に脳裏に浮かんだのはかつての弥詠子《やえこ》さんと出会った頃の、怯えた顔をする平折だった。

「あはは、ほら、娘は父親に似るっていいますか……」

「ちょっ、平折ちゃん本当!? いや確かに2人は似て……いやでもっ……」

「そ、そのっ! わ、私も陽乃さんに気付いたのは最近ですから……」

色々事情は気になる。だけどそれを聞くには、あまりにもデリケート過ぎる問題だ。

康寅に至ってはショックの許容量を超えて、口と目を開きっぱなしにしながら頭から湯気を出している。

正直に言えば、もっと話を聞きたかった。

だけどここは休日の駅前、悠長に会話をすることは周囲が許してくれそうにない。

「あの帽子の子って有瀬陽乃……?」

「いや、似てないだろ」

「でもさっき帽子を取った時……」

「ジロジロ見るのは失礼じゃない、違ったらどうすんの」

そんな周りの声を聞いた有瀬陽乃は、あちゃーと声を出して頭に手をやり、もう片方の手でスマホを取り出した。

「すぅくん、おねえちゃん、連絡先教えてよ」

「あ、あぁ」

「わ、私は……」

少々放心状態にあった俺は、言われるがまま連絡先を交換した。

平折はどこか渋って――いや、どうすべきか躊躇《ためら》っていると、悲しそうな顔をする有瀬陽乃にほだされたのか、結局連絡先を交換していた。

「じゃあね、また連絡するから！」

そう言って駅へ消えていく彼女を見送る。

時間にして2分か3分、あっという間の出来事である。

そして後に残された俺たちも、勉強会に戻ろうと図書館へ向かって歩き出した。


「……」

「……」

「……」

「……」

「……」

図書館への道のりも、勉強会に戻ってからも、俺たちはひたすら無言だった。

それも当然か。皆も先ほどのことが衝撃的で、頭がいっぱいいっぱいだという様子だ。

気まずい空気は依然として横たわったまま、ただただ筆記具の立てる音だけが聞こえてくる。

俺ももはや勉強どころではないという心境だったが、それでも無心でノートにペンを走らせていくうちに、いくらか冷静さは取り戻していく。事実を受け止めることくらいはできる。

有瀬陽乃——ひぃちゃんと平折は異母姉妹である。見た目も似ているし、事実なのだろう。

そして平折は昔、一度だけ俺と会ったことがあると言っていた。それから『きっと、憶えていないと思います』という言葉。

俺の憶えていない、何かがあったのだろう。

それが何かはわからないけれど……


気づけば午後3時半を回っていた。

予定よりは早いけれど、勉強会はそこでお開きになった。

「皆、今日のことは当分秘密で。いいわよね？」

駅での別れ際《ぎわ》、南條凜がそう釘を刺せば、皆は黙って頷いた。おそらく誰もが心の整理をつけていない。反対意見は上がらず、康寅でさえ神妙な顔をしている。

こういう時でも、そういった気遣《きづか》いができる南條凜は、本当に凄い奴だ。

「ありがとな、凛」

「別に、あんたのために言ったわけじゃないわよ」

「……そうだな」

「……ふんっ」

皆と別れ電車を降り、家までの帰り道。俺たちはいつものように無言だった。

お互い何を言っていいかわからない。こんな時帰る家が同じだと、かなり気まずいものがある。

「「……」」

「ただい――」

「あ、あのっ！」

「――平折？」

家に戻って早々、平折に強く袖を引っ張られた。

振り返ってみれば、その顔は不安と焦燥感に彩られている。

「あの……怒ってますよね……」

「なっ……！」

その時俺は、またも平折の気持ちまで考えが及んでいないことに気がついた。

平折は力なく笑い、目には涙を浮かべている。本気で思い悩んでいる顔だ。

平折の立場で考えれば、散々はぐらかすように言いあぐねていたことを、有瀬陽乃の口から伝えられたという形だ。俺が何も言わず黙っていれば、平折がそう感じてしまうのも仕方がない。

失敗だった。もっと平折の気持ちを考えてやるべきだった。だって俺は――

「んなわけないだろ」

「わぷっ」

それ以上何も言うなと、自分の中で生まれた様々な思いを込めて、強引にぐしゃぐしゃと頭を撫で回す。自分でも、随分不器用なことをやっていると思う。

だけど気持ちが伝わったのか、えへへと目を細める平折が、そんな俺でも大丈夫だよと許してくれているかのようだった。

なんだかいつの間にか立場が逆転しており、俺も可笑しくなって笑いを漏らす。

「今だけ、甘えてもいいですか?」

「あぁ」

くるりと背中に回った平折が、ぎゅっと抱き着いてくる。

平折にされるがままとなり、玄関で立ち尽くす。

なんだか、甘える時はこうすることが多いな、なんて思ってしまった。

　その時、スマホがブルリと通知を告げる。誰からかなと思い、平折に気取《けど》られぬよう確認する。

《おねえちゃんのことで相談があります》

　画面に映る文字にぴしりと身体が固まる。差出人は有瀬陽乃だった。

「……何かありました？」

「い、いやなんでもない。その、さっきわからなかったところが閃《ひらめ》いてさ」

「…………ぁ」

　慌てて言い訳し、そそくさと平折から距離を取り、部屋へと向かう。

　そして部屋に戻った俺は、スマホを見て眉を寄せる。その心境は複雑だった。

「おねえちゃん、か……」

　有瀬陽乃になかなか返事をできそうになかった。どう返していいかわからない。

　頭の中はぐちゃぐちゃで色々と纏《まと》まらない。

「……」

　とりあえず返事を後回しにして教材を広げて試験勉強をしようとするが、全く頭に入ってこない。やはり俺は、平折と有瀬陽乃のことが自分で思っている以上に気になっているらしい。

　だが２人について知っていることは余りに少ない。

　――それに、俺は無関係じゃない。

平折は俺の義妹だ。俺の家族だ。それを抜きにしても様々な何かを抱えているなら、知りたいと思う。少し躊躇いつつも、スマホを手に取った。

《すまない、中間テストが近いんだ。俺も話がしたいが、それが終わってからでもいいか？》

そんなメッセージを返す。自分で返しながら「問題の先送りのようだな」と独り言《ご》ちる。だけどある種の覚悟が決まる。彼女とまた顔を合わせる前に、色々と知っておかなきゃいけないこともあるだろう。

そして、有瀬陽乃の返事は早かった。

《そっか、一般の高校だとそんな時期ね。ごめん、終わるのはいつ？》

《ん、来週の半ばだな》

《てことは平日でも採点日で休みの日とかあるのかな……それでもいい？》

《あぁ、構わない》

《じゃあその日の午前中で。その方が目立たないしね》

《あぁ、わかった》

このやり取りで何かが引っかかった。有瀬陽乃の学年は俺たちの一つ下のはずだ。だというのに、まるで学業に縛られていないかのようだ。

《そっちの学校、学校の都合はいいのか？》

《うちの学校、芸能活動が認められてる単位制の高校だから》

《大学のシステムに似てるのかな？　授業を自分で選択してテストで点数さえ取れれば大体オッケー。他にも、夏休みみたいな長期休暇に補講でたりすれば何とかなるのよ》

《単位制？》

他にもあれこれ説明してくれたのだが、俺の知っている高校とはずいぶん仕組みが違うようで、半分も理解できなかった。そのせいか、改めて有瀬陽乃が普通の高校生とは違う生活を送っているということを実感してしまう。

正しい表現かはわからないが、年下だというのに随分大人だと感じてしまった。

《とにかく来週だな。詳細はまた連絡する》

《うん、待ってる……あ、おねえちゃんのことを抜きにしても、連絡してもいいかな？》

《勉強の邪魔にならない程度ならな》

《やった！　ありがと！》

だというのに今度はこんな子供っぽい返事をされると、そのギャップに戸惑ってしまった。

スマホを置き、そういえばと思い出す。

弥詠子さんはまだ親父の所に行っており、家にはいない。有瀬陽乃のことを――平折の異母妹のことを聞いてしまった今は、なんとなく顔を合わせづらくて助かったという思いがあった。

とりあえず、今日の夕飯も自分たちで何とかしなければいけない。

平折はどうするのだろうか？　そう思い、平折の部屋の扉を叩いた。

「平折、今いいか?」

「……っ! ひゃ、ひゃいっ!」

部屋からは慌ただしい物音が聞こえてきた。

だというのに、部屋から顔を出した平折の髪は、戻ってきた時より手入れがされていた。

着替えはまだしておらず、ジャケットを脱いで腕の肌面積が広くなったその姿は、昼間より幾分か幼げに見える。俺にだけ見せる姿だと思うと目尻が下がるのを自覚する。

ふと部屋の中へ目をやれば、ノートパソコンでゲームを立ち上げているのが見えた。

画面にはサンクの姿も見える。もしかしたら、昼間のことで何か話していたのかもしれない。

「邪魔したか?」

「い、いえ。今、話も済みましたし」

「そうか。夕飯どうしようかと思って。外食にするか、自分たちで作るのか」

「……カレー」

「カレー?」

「一緒に、作りたいです」

カレーか……そういや初めて平折と一緒に食べたっけ。

「そうか、野菜とルーはともかく肉がないな。買いに行かないと」

「あっ……私も一緒に行きます」

そう言って平折は部屋の壁に掛けてあったジャケットを羽織り、とてとてと俺のもとにやってきてはにかんだ。

スーパーまでの道中、隣の平折との距離は微妙に開いていた。

「……」

まぁそれも当然か。現在俺たちの間には、何とも言い難い問題が横たわっている。

何となく察しはつくものの、平折や有瀬陽乃から直接はっきりと聞いたわけではない。

それと……先ほど有瀬陽乃とのメッセージで感じたことと、平折が南條凜に相談していたことを思い出し、急に平折がどこか離れていくかのように感じてしまっていた。

「平折、手を繋ごう」

「ふぇっ？」

返事を待たず、強引に平折の手を取って指を絡《から》める。家族の……兄弟の範疇《はんちゅう》を超えた繋ぎ方かもしれない。だけどどうしても、平折を繋ぎ止めていたかった。

実際平折は完全に面食らって、一瞬身を固くしている。

だけど俺には、それに細かく気を配るほどの余裕がない。

「肉、どうしよう？」

「……あいびき」

「辛さは？」

「……中辛」

そして買い物に行き家に帰るまで、これ以上の会話はなかった。キッチンでカレーを一緒に作っている間もそうだ。

だけど不思議なことに空気は和《やわ》らいでいた。

出来上がったカレーを前にして話しかける。

「凛に相談したのか？」

「うん……」

「そうか」

「うん……」

「……」

「……あ、あのっ」

「言いにくかったら、何も言わなくていいから」

「……っ！」

色々聞きたいことはある。

だけど話しているうちに、そんなことを口走っていた。

これはデリケートな問題だ。強引に聞き出すのは何か違う。

あの時の――出会った時の怯えたような平折の顔を思い出すと、どうしてもそれができなかった。

今すぐに知らなければというものでもないし、それに平折に何かあれば、俺が全力で守ればいい。

「ごちそうさま」

「あ、あのっ！」

「……平折？」

席を立とうとした俺を、平折が引き留めた。その顔は、幾度と見てきた覚悟を決めた目をしている。

自然と、背筋が伸びた。

「ひぃちゃんと私は、父親が同じなんです」

「そうか」

そこまでは想像できていた。だが続く言葉は予想外過ぎた。

「だけど、ひぃちゃんと違って、私は父に望まれて生まれたわけじゃない……」

「……え？」

言葉の意味が理解できなかった。予想の埒外《らちがい》だ。

平折を、目の前にいるこの女の子を、生まれてほしくなかったというその言葉に、本当に日本語で話しかけられているのかと、疑問に思ってしまう。

自嘲気味に笑う平折が、出会った頃の怯えた表情を浮かべる平折に重なる。

「……これ以上は、もう少し時間をください」

「あ、あぁ……」

時間を欲しいのはむしろこちらの方だった。

部屋に戻り、平折の発言の意味を呑み込んでいくにつれ、どんどんと胸にどろりとしたものが生まれていく。

――平折を望んでいなかったって？

引っ込み思案で大人しくて自己主張が下手《へた》、だけど自分を変えたくて頑張る勇気のある女の子。小さくて、ちょっと体温が低くて、それでいてちょっぴり甘え癖《ぐせ》のある――その存在を要《い》らぬと言った父親に、怒りという言葉では表現できない感情が沸々と湧いてくる。

『～～～♪』

そんな状態の俺に届いた南條凜のメッセージは、俺の中に残っていた冷静さを蒸発させるのに十分な言葉だった。

《あたし、平折ちゃんの父親を知っているかもしれない》

4時間目 Play Time. 過去

すぐさまどういうことかと、問い質《ただ》したい気持ちでいっぱいだった。

「……くそっ！」

通話をしようとスマホを弄《いじ》るが、指先が震えて上手《うま》く操作できない。

そのうちガタンッと盛大に床に落としてしまい、その時になって初めて自分が頭に血を上らせていることに気づく。拳をぎゅっと握りしめ、自分の頭を小突く。

――馬鹿か、俺は！

感情に先走って行動したらダメだよな。

かつて平折《ひおり》に出会った頃、相手のことを考えず怖がらせたことを思い出す。

まずは落ち着かないと……そう思い、キッチンに降りて作り置きの麦茶を一気に呷《あお》る。

「……ぁ」

「……平折」

冷蔵庫に麦茶を仕舞おうとしたその時、階下に降りてきた平折と鉢合わせした。

その視線の先を追うに、どうやら目的は同じだったらしい。

奇《く》しくも初めてフィーリアさんとしての平折と出会う前と、同じ構図になっていた。

「……平折も飲むか？」

「……うん」

だがその時とは返事は違っていた。

麦茶を注いだコップを渡しながら、随分と関係が変わってきたなと感慨深さを覚える。

そして、随分と平折のことを知らなかったんだな、とも。

おずおずと喉《のど》を潤《うるお》す平折を見て、どうしても伝えたい想いを告げる。

「俺は平折がここにいてくれて嬉しい。これからもいてほしい」

「ふぇっ……けほっ、けほっ！」

突然の俺の言葉に、平折は飲みかけの麦茶を盛大に咽《むせ》てしまった。目には涙を浮かべ、顔は真っ赤だ。

俺の言葉をどう受け取っていいかわからないといった様子だ。瞳がひどく揺れている。

あれ、もしかして俺、ものすごく大胆なことを言ったんじゃ……

「あ、いや、その、違……うんじゃなくて、なんていうかその、アレだ！」

「あ、はい、わかってます！　アレですね、アレ！」

「そうそう、アレ！」

「アレです！」

２人して取り乱していた。

互いに勢いで、意味のない会話を交わして誤魔化している自覚はある。

だけどそんなことをしているうちに、どんどん可笑《おか》しくなっていって、気付けば笑い合っていた。

「ははっ、じゃあ俺は戻るわっ」

「あっ、はいっ」

とはいえ、未《いま》だに恥ずかしい気持ちがあったので、そのまま逃げるように自分の部屋に戻る。

スマホを手に取れば、手の震えはとっくに止まっていた。

南條凜《なんじょうりん》の電話番号を呼び出し、深呼吸をして目を瞑《つぶ》る。目蓋《まぶた》に映るのは平折の姿。

――自分の中で何かしらの覚悟が決まった。

「凜か？」

『倉井《くらい》？　あんた、今日はログインしないの？』

「それより、平折の父親について知っていることを教えてくれ」

『……わかった、けど時間を頂戴《ちょうだい》。裏を取るわ』

◇◇◇

「おはよー」

「うーす、昴《すばる》、吉田《よしだ》」

「やぁおはよう、2人とも」

翌朝いつもの待ち合わせ場所に行けば、既に皆集まっていた。

だけどその態度はなんだかぎこちない。昨日、この場所であったことを考えると当然か。

「ん、おはよ」

「お、おはよう」

挨拶《あいさつ》を交わし、誰からともなく学校に向かって歩き出す。平折は気まずさから身体を小さく縮こませている。

この空気の原因が、平折と有瀬陽乃《ありせひの》が異母姉妹ということだからだろう。

平折が悪いわけじゃない。そう言いたいが、何と言っていいかわからないのも事実だった。

そんな中、康寅《やすとら》が深刻そうな声で口を開く。

「……あのさ、こんなこと言っていいかわかんねーんだけどさ」

「どうした、康寅」

「昨日は驚いただけで考えが及ばなかったけど、一つ重要なことに気づいてしまったんだ……なんていうかその、吉田のことなんだけど……」

「お、おい何を……」

「ちょ、祖堅《そけん》君っ⁉」

皆の注目が集まる。南條凛も思わず声を荒らげる。

普段から空気が読めないところがあるだけに、皆の視線は険しいものがある。

だけど、いつまでも有耶無耶《うやむや》にできないことでもあるので、責め立てるようなものでもない。

康寅本人もそのことを正しく理解しているのか、必死に言うべきことを吟味《ぎんみ》している様子が伝わってくる。

「吉田ってさ……モデル並みに可愛いってことだよな」

「……ふぇっ⁉」

「や、康寅……？」

しかしその発言は、あくまでいつもの康寅だった。

張り詰めていた空気が、一気に弛緩《しかん》していく。

「いやだってさ、陽乃ちゃんがあれだけ昔の吉田に似てたんだぜ？　てことは素材としては同等……なぁ、今のうちに吉田にサインもらっておくべきかな？」

康寅の声色はひどく真剣で、その内容はバカバカしい。

だけどそのギャップにまた1人、また1人と笑いを零《こぼ》していく。

「はは、そうだね。確かにそれは祖堅君の言う通りだ」

「あら、てことはあたしもかしら？　ねぇ平折ちゃん、いっそ2人でコンビ組んで芸能界目指す？」

「くくっ、平折なら慌てふためくキャラがウケるかもしれないな」

「あぅ……」

そんな風に俺たちが揶揄《からか》えば、平折は顔を赤くして身体を小さく縮こませる。

平折のポーズはさっきと同じだが、周囲はいつもの空気を取り戻していた。狙ってか天然かはわからないが、康寅のこういうところがありがたいと思う。得難い友人だ。

笑いを取り戻した中、南條凜が傍《そば》にやってきて、周囲に気取《けど》られぬよう耳打ちをする。

「平折ちゃんのお父さんの件、色々調べて資料も揃えたわ。どうする？」

「それは……」

南條凜の視線が平折に向けられている。この件は平折には言っていないらしい。

顔を覗き込めば頷《うなず》かれ、どうやら平折に話すかどうかは俺に任せるつもりのようだ。

「わかった、平折には俺から話を通しておく」

「そう……お願いね」

今までなら、平折に何も伝えずに勝手に話を聞きに行っただろう。

だけど、今回に関しては完全に話が別だ。平折の知らないところでデリケートな部分を勝手に詮索《せんさく》されれば、気分のいいものではないだろう。

それにきっと俺のエゴかもしれないが——平折に隠し事をするのは、なんだか嫌だった。


昼休みになった。

お昼を買いに行こうと言って、平折を強引に連れ出した。

とはいえ、向かった場所は非常階段なのだが。相変わらず薄暗く人気《ひとけ》がない。内緒の話をするには打ってつけの場所だろう。

急にこんな所に連れてこられた平折は、どうしたことかと戸惑っている。

「その、平折に聞いてほしいことがある」

「は、はぃ」

「ええっと、なんていうかだな……」

とはいうものの、咄嗟《とっさ》に言葉は出てきてくれない。なんだかんだで俺も緊張していた。

俺の緊張が平折に伝わってしまったのか、何事かと身を強張《こわば》らせ、目も潤ませている。

あまりこの時間を引き延ばすと、何も言えなくなりそうだった。

深呼吸を一つ。上手《うま》く言えないかもしれない、だけど思ったままのことを伝えよう。

「平折、俺はもっと平折のことが知りたい」

ビクリと身を震わせ、だけど意志を込めた瞳で俺を見上げてくる。俺の好きな瞳だ。

「平折の父親のことを調べるつもりだ。いいだろうか？」

「はぃ……ぇ？　……ぁ」

何度か目をぱちくりさせ、視線を泳がせている。

……あれ？

そして左右にぶんぶんと頭を振った平折は、俺の顔を覗き込むように質問してきた。

「わざわざそのことを言いに？」

「もう平折に隠し事をしたくないから」

「そう、ですか……」

「……すまない」

そう答えた平折は優しく微笑み、どこか俺の心を見透かすような瞳を向けてくる。

試されている――そう思った。

だから、やましいことはないのだと、目に力を込めて見つめ返す。

「誰と、調べるんですか？」

「それは、その、凜と」

「へぇ……ふぅん……凜さん、可愛いですもんね」

「あ、あの、平折？」

ずいっと平折が詰め寄ってくる。その目はなんだか犯罪者を詰問するかのような眼差《まなざ》しだった。

「凛さんも陽乃さんも、胸……大きいですよね」

「あの、何を……」

あれ、何だか雲行きが……

「いい、ですよ」

「……平折？」

「すぅくんなら、信頼しています」

「そうか」

かと思えば、表情を変えて微笑んだ。だけどその笑みに込められた胸の裡《うち》は複雑で、読み切れない。

女の子って難しいな……

◇◇◇

「さ、上がって」

南條凜の家に足を踏み入れた瞬間、何か違和感を覚えた。

「……あれ？」

「何さ？」

「あーいやその……なんでもない」

上手く言葉にならない。首を捻《ひね》りながらも周囲を見回してみるも、廊下はいつもと変わらず整理整頓が行き届いている。なんだろうか？

「っ！　ちょ、ちょっと待ってなさい！」

「あぁ！」

だがそれも、いつものようにリビングに通されたとき、何となくわかってしまった。

ソファに投げ出された服に、ローテーブルに乗っている美容用品。そしてちょっと振り返ってみれば、玄関には以前はなかった大きな姿見に、いくつかの散乱したブーツ。

つまるところ、南條凜の生活している気配がまざまざと表されていたのだ。

今までの彼女を考えると、まるで機械や人形のような生活をしているという印象があった。

しかしこの痕跡は、ちゃんと南條凜という１人の女の子が生きているという息遣《いきづか》いが聞こえてくるかのようだ。それと同時に、急激に南條凜というこの少女のことを強く意識させられ、ひどく落ち着かない気分にさせられてしまう。

「わ、悪かったわね、散らかってるのを見せて」

「いや、凜もこんな油断を見せるんだな」

「……あんたと平折ちゃんに調子を狂わされちゃっているのよ」

「え……？」

「もっと可愛い自分を見せ……あぁ、もう！　それより平折ちゃんの父親のことだったわよね！」

「あぁそうだ」

強引に話を打ち切った南條凜は、ソファ前のローテーブルに、バサバサと資料を広げていく。その量はちょっとした教科書ほどの厚みがあり、度肝《どぎも》を抜かれる。

よく調べたなというより、どうやって調べたんだ？　という疑問の方が先に立つ。ドヤ顔でもしてそうだなと南條凜を見れば、何故か険しい表情をしていた。

「ねぇ倉井、あんたはこのことを何のために調べてるの？」

「それは……」

即座に答えることはできなかった。

あれこれ言葉を重ねたところで、結局は自分のためにやっていることだ。好奇心から平折の出自を暴こうとしていると思われても否定できない。

だけど俺は――

「何かあった時、平折の力になりたくて、だから事情を知っておきたいんだ」

「そっか、なるほどね……まぁいいわ、これを見て」

そう言って南條凜が差し出したのは、どこかの雑誌の記事の切り抜きだった。

目立つ見出しの下の写真には、知的そうな、だけどどこか冷たいような印象を受ける、親と同じくらいの年代に見える男性が映っている。

「これが平折の……？　営業と広告、自社ブランドの投資と育成……これは……？」

「有瀬直樹《なおき》、アカツキコーポレート企画広報部の本部責任者のインタビュー記事ね」

「アカツキ……って、あのアカツキグループか!?」

「そのアカツキよ。あんたが普段通学に使ってる電車やこのマンションもそうね」

アカツキグループといえば、戦前からこの地方で私鉄を核として発展した一大グループだ。主要な都市にはその名を冠するデパートがあり、物流だけじゃなく生鮮食品からアパレル、レジャー、不動産までも扱い、その名を知らぬ者を探す方が難しい。

「かなり商品、そして自分を売り込むのが上手い男ね。アカツキグループ内外に太いパイプを持ち、数年のうちに執行役員に上り詰めるのは確実でしょうね。さて、そんな彼が力を入れて多大な利益を上げた広報用の商品というのが――」

「有瀬陽乃、なのか？」

「正解。有瀬陽乃を広告に起用した商品はバカ売れ、さらには彼女のために作った芸能部門も堅調で、新しい業界に進出する足掛かりにもなっているわ」

「……そうか」

記事に書かれた経歴を見てみれば、誰でも知っている一流大学を出ており、絵に描いたようなエリートコースを歩んでいる。なんだか現実味がなくて、他の世界の話を聞いているかのようだ。

だからこそ、平折がこの人物を恐れているということに、ひどく違和感を覚えてしまう。

「ちなみに彼の旧姓は、高柳《たかやなぎ》直樹よ」

「……はい？」

「有瀬家というのは昔からの資産家でね、アカツキグループでもそれなりの発言力がある家だわ。つまり彼は婿《むこ》養子ってわけ。……そして社外秘だけど、結婚と同時期にとある女性への示談金ということで、相当額のお金を動かそうとしたのがわかっているわ」

「まさか、それって……」

詳しいことはわからない。

だけど、有瀬家との縁談のために平折が邪魔になっていたというのだけはわかった。

「確かなことは有瀬陽乃、そして有瀬直樹にとって吉田平折という存在は、スキャンダルの種以外の何ものでもないわね」

「なっ……！」

南條凜は瞳で、もし平折が邪魔になれば彼らは全力で潰《つぶ》しにかかってくるけどどうする？

と問いかけていた。一瞬心は怯《ひる》む。だが、脳裏に平折の笑顔が過《よ》ぎる。

……思えば現実の平折は、引っ込み思案で目立たないようにしていた。

その背景にはこのようなことがあったと知れば、どこか納得だ。南條凜も同じ考えなのか、神妙な顔をしている。想像すらできない事情だった。

それでも俺は、平折がまた、自分の感情に抑圧を強《し》いるような顔をするのが嫌だ。

あぁ、そうだ。俺の腹はとっくに決まっている。

「もし……もし向こうから何かされたとき、俺に何ができるかって考えないとな」

「っ！　……倉井は」

「ん？」

「倉井はそんな凄い人が相手でも、怖気《おじけ》づかないんだ……どうして？」

「どうしてって……相手がどれだけ凄いか、よくわかってないだけかもしれないな」

「……ぷっ。あはは、そっか、倉井らしいわね」

そう言って南條凜はカラカラと笑ったかと思ったら、急に真剣な眼差《まなざ》しでずいと俺に迫ってきた。

「ね、倉井」

「な、なんだよ」

「もし今回の件がさ、平折ちゃんじゃなくてあたしだったとしても、そこまで何かしようとしてくれた？」

南條凜の顔は、どこまでも真剣だった。

そして俺は目の前の少女が家族のことで問題を抱えていることを知っている。

本当は口が悪いくせに、どうしようもなくお節介で面倒見がいいことも知っている。

そして平折と同様、家族の愛情に飢えているということも。

だから迷うことなく、すぐさま言葉を返す。

「当たり前だろう、凜のためならそれくらい、なんだってできることをするさ」

「ふぇっ!?」

だというのに俺の言葉が予想外だったのか、南條凜は平折みたいな素《す》っ頓狂《とんきょう》な声を上げた。

あわあわと目を泳がせて、全身で動揺を表している。

そんなに意外だと思われることだろうか？

俺は散々南條凜の世話になっている。気の好《い》い奴だし、かけがえのない存在だ。特に平折のことに関しては絶対の信頼のおける同志とさえ思ってる。だから答えなんて最初から決まっているというのに……心外な思いで、思わず眉をひそめてしまった。

「あ、あんた迷いもなくそれって……ひ、卑怯《ひきょう》よ！」

「な、え、ちょっ!?」

いきなり正面に回り込まれたかと思えば、いきなり俺の膝《ひざ》の上に対面で座り込んできた。

その距離はどこまでも近く、身体を弄る腕に潤《うる》んだ瞳、そして濡れた唇に、一瞬にして身体中の血を沸騰させせられてしまった。

「狙ってか天然かは知らないけど、あんたって相当女ったらしね……将来が怖いわ」

「そんなことっ！　揶揄うのはやめてくれ、こういうのは慣れてないって言っているだろう？」

「あたしだって慣れていないわ。ていうか、あたしが誰にでもこんなことをする女だと思う？」

「それは……思わないけど……」

「くすっ……よろしい」

「り、ん……」

俺は今、理性が溶かされるという事態に直面していた。

南條凛は魅力的な女の子だ。普段はあまり考えないようにしているが、こうして強く意識させられると嫌でも心を揺さ振られてしまう。蠱惑《こわく》的な瞳やぷっくりとした唇に柔らかさを感じる身体、それらに今すぐ貪《むさぼ》りつきたいという獣のような衝動に身を任せたくなる。

「ね、倉井はあたしに頼まれても襲わないって言ってたよね？」

「あ、あぁ。当たり前だ」

「でも倉井が望むなら話は別、って言ったらどうする？」

「……っ!?」

それはまるで悪魔の囁《ささや》きだった。

それだけでなく、南條凜は自らが食べられることを望む獲物かのように、その身を寄せてくる。理性が溶けていく。くらくらと頭の中で火花が散る。

やがて崩れそうになる意識の中、脳裏に浮かんだのは――

「やめてくれ、凜っ！」

「倉井……？」

「今の俺は、その、昂《たかぶ》ってる……そんな気持ちに惑わされて、無責任なことをしたくないっ！」

「あ……」

無理矢理残った理性を動員して絞り出した言葉は、まるで懇願だった。

いつの間にか俺の中で、南條凜という存在が凄く大きくなっていたことにも気づかされてしまう。

だから尚更、こんな流れに身を任せたくなかった。

「……ごめん、悪ふざけが過ぎたわ」

「……今度から気をつけてくれ」

色々思うところはあるが、あくまで今のは彼女の悪ふざけであるということにしておいた。

正直惜しかったと思う気持ちがあるのは否定しない。

だけど、今はこれでいいはずだ、そう自分に言い聞かせる。

「お詫びってわけじゃないけど……もし有瀬陽乃がアカツキグループの力を使おうとしたら、一度だけなら何とかしてあげられるわ」

「本当か!?　あ、いやでもどうやって」

「アカツキグループ最高経営責任者《CEO》、南條博信《ひろのぶ》……あたしの祖父よ」

「…………んなっ!?」

「あのさ、もし同じようにあたしが困ったら、助けてくれるんだよね？」

「あ、あぁ……それはもちろん」

そういえばさっき社外秘がどうこうって言っていたっけ……

なんだかしてやられた、そんな気分だった。

◇◇◇

帰りの電車の中では半ば放心状態だった。

あまりに衝撃的な話が続いたので、無理はないだろう。

色々と情報と気持ちを整理したいところなのだが、どうもそうはいかないらしい。

「……うん？」

スマホに通知が届く。そして画面をタップすると共に、変な表情になるのを自覚する。

《ここ、昔とあまり変わってないね》

差出人は有瀬陽乃。メッセージと一緒に映っているのは、子供の頃に遊んだ神社。

……明らかに誘いをかけられているな、これ。

他にも画像は届いていた。

自撮りでカメラを意識した顔と目線、背後には古ぼけた拝殿に紅葉、よく見知ったはずの神社はしかし、有瀬陽乃という存在を添えることで、まるで一枚の絵画のようになっている。ご丁寧に《待ち受けにするならこっちの方にしてね》なんてメッセージつきだ。

「…………」

何だか罠《わな》のようにも感じてしまう。無視するのも一つの手だ。

だがこれを平折にも送っているかもしれない。平折は引っ込み思案なところがあるが、思いがけないところで行動的だ。そして何をしでかすかもわからない。

神社か……住宅街からはそこそこ距離があって人気《ひとけ》は少ない。精々遊びに来ている子供たちがいるくらいだろう。有瀬陽乃が姿を見られても騒がれる心配はなさそうだ。

《少し寄り道して帰る》

改札を出たところで、平折にそれだけのメッセージを送って神社に向かうことにした。返事は期待していない。

それに俺は平折のことを抜きにしても、有瀬陽乃には聞きたいことがあった。

どうして平折《異母姉》のことを俺に相談するのか？

どうして昨日、再会した時俺に抱き着ついてきたのか？

子供時代のことを思い返しても、有瀬陽乃――ひぃちゃんにとって俺は、特別仲が良かったわけじゃない。大勢の中の1人のはずだ。

……そういや平折が、かつて一度だけ俺と出会っていたって言ってたっけ。

もし特別な何かがあるとすれば、それが関係しているだろう。


神社は駅からは家を通り過ぎ、さらに20分は歩いた場所にある。さすがに距離があるので近くまでバスを使った。

陽はかなり傾き始め、あと1時間もしないうちに夜になるだろう。

住宅街の外れ、ちょっとした丘に森が広がっている。

秋の夕暮れはどこか寂しげで、冷たくなった風が木々を揺らす。

入り口の鳥居を潜り抜けると、一気に陽の光が遮《さえぎ》られ薄暗くなる。周囲から聞こえる葉擦《はず》れの音、虫や小動物の息遣いが耳に入り、まるで異世界に入り込んだのかと錯覚してしまう。だというのに、拝殿のある辺りまで登ってくれば一気に視界が開け、夕日が目に飛び込んでくる。

その幻想的ともいえる場所に、一人女の子がいた。

「……ぁ」

「平折……？」

見慣れたうちの高校の制服に長い黒髪、憂《うれ》いを帯びた瞳が俺を捉《とら》えると、いつものように青いチェックのスカートを翻《ひるがえ》しながらとてとてと懐いた小動物のように近寄ってくる。

「1人か？」

「はぃ……」

その顔は安堵《あんど》したのか、嬉しそうにはにかんでいる。

「……」

「……」

静かだった。

周りを見渡すも人影はどこにもなく、せいぜい木々の騒《ざわ》めきが聞こえるだけ。

近くには田畑も多く、人の気配はまるで感じられない。

夕日に照らされた目の前の少女が、物悲しそうに呟《つぶや》く。

「2人っきり、ですね……」

「そうだな……って、おい！」

急に正面に回ったかと思うと、手に指を絡《から》めてきた。

その少し大胆な行動と、指に感じる柔らかさと秋風に晒《さら》された肌の冷たさに、ドキリとしてしまう。胸元には彼女の熱い吐息《といき》が吹きかかる。

「揶揄うのはやめてくれ、有瀬陽乃」

「……驚いた、どうしてわかったの？　自分でも結構自信あったのに」

「どうしてって……平折と全然違うだろ。アイツはもっと色々ちまっこいし、顔もぽやっとしている。それに、もしこんなことをしたら、どこかでヘマしてこけかける」

「随分おねえちゃんのことに詳しい……というか、見ているって言ったほうがいいかな？」

「そうか？」

「そうよ」

平折に扮《ふん》していたのは有瀬陽乃だった。パッと見、惑わされたことは黙っておく。

正体がバレた彼女はあっさりとカツラを取って、平折と違うふわふわした髪をなびかせた。

「いいから離れてくれ」

「あら、顔が真っ赤。すぅくん、こういうの慣れてないの？」

「……その、誰かと付き合ったこととかないんだ。察してくれ」

「へぇ……」

そう言って探るような目で見てきたかと思えば、急にころころと笑いだす。

「もったいないなぁ、わたしが彼女になったげようか？」

「……こんな有名人が彼女とか、たまったもんじゃない。それより何の用だ？　その制服はど

うしたんだ？　平折の相談は試験が終わってからって話だっただろう？」

「制服は衣装を扱う人の伝手《つて》でちょっとね。あと、別にすぅくんを呼び出すつもりで、あれを送ったわけじゃないわよ」

嘘つけ、と思う。このタイミングであの画像を送られて気にならない方がおかしい。それにわざわざ平折の姿に扮して待ち構えていた説明にもなりやしない。

本人もそれがわかっているのか、悪戯《いたずら》っぽい顔でチロリと赤い舌を出す。……やっぱり確信犯か。

「ま、急にこの場所が懐かしくなったってのは本当……今まで避けていたからね。でもね、すぅくんに会いたかったってのも本当だよ」

「そうか……？」

俺は怪訝《けげん》な顔で眉間《みけん》に皺《しわ》を寄せる。

そう言い放った有瀬陽乃は、記憶にあるガキ大将じみた不敵な表情とは違い、さすが現役モデルと感嘆してしまうような、見るものすべてを魅了するような微笑みを向けてきた。

さすがにそれにはドキリとしてしまう一方、やはり平折とは全然違うな、なんて思う。

だからこそ、深まる疑問もあった。

「なぁ、俺と有瀬陽乃——ひぃちゃんって、そこまで仲良かったっけ？」

「んー、別段取り立てて言うほどでもなかったよね」

「……だろう？」

俺の中にある認識と、さして変わらない返事をされてますます混乱してしまう。

だけど有瀬陽乃はどこか懐かしむような、そして痛ましいような表情を見せる。それが——

何故か平折と重なり思考が混迷を極める。

「こっちに来て」

「おいっ！」

有瀬陽乃は強引に俺の手を取ったかと思うと、森の中へと引っ張り込んだ。

どういうつもりかと思ったが、そこは幼い頃によく通った森の中の道で、どこかに案内されていると思い、素直についていく。

しかし記憶の中の道以上にどんどんと奥深く、そして丘を登っていけば、さすがに不安になってくる。

そろそろ戻ったほうが……と不安になりかけ言おうとした時、有瀬陽乃は足を止めた。

「ここよ」

「ここは？」

そこは切り立った崖がある場所だった。

崖といっても精々3メートルか4メートル。その下は藪《やぶ》や草木が茂っており、落ちたら大変だけどそれらがクッションになりそうだ。

「憶えてない？」

「生憎《あいにく》と」

「でしょうね、無理もないか」

「いったいどういう……？」

そう言った有瀬陽乃は俺の後ろに回り込み、背中に手を当てた。それに妙な既視感を覚える。

あぁ、そうか……そこは平折が何かある度《たび》、しきりに確認するかのように手を当てる場所だ。

だけど、やはりそれがどういう意味かよくわからない。

そんな俺に、有瀬陽乃は少し困ったような顔で物語を語るかのように話しだした。

「昔、この近くにはおねえちゃんが大好きな女の子がいました。だけどそのおねえちゃんはいつも暗そうな顔で、その女の子もおねえちゃんには近寄ってはいけないと言われて育ってきました。だけどその女の子は、無表情で何かを我慢しているけれど、よく自分に笑いかけてくれるおねえちゃんを、笑わせたくてしかたがなかったのです」

「……それって」

平折と有瀬陽乃のことだと即座にわかった。

有瀬陽乃はくるりと俺の前に回ったかと思うと、自嘲気味に微笑み崖に視線を移す。

「ある時、ずっと気になっていた大好きなおねえちゃんを連れ出すことに成功した女の子は、調子に乗っていました。その結果、とある男の子ごと、事故に巻き込んでしまうのです」

まるで懺悔《ざんげ》のような声色だった。

そして、ふぅっと大きなため息を一つ。

「その日はね、皆と遊んで、初めておねえちゃんが楽しそうにしている顔を見たんだ」

過去を懐かしむような、それでいて後悔を孕《はら》んだ複雑な笑顔だった。

きっとその日は、俺にとってはありふれた日だったのだろう。

当時の俺は寂しさを紛《まぎ》らわすためにここに来ていた。それに子供の頃なんて、相手の名前さえ知らなくても仲良くなれた。

「帰ったら怒られるだろうな、もっとこの時間を引き延ばしたいな、だとかそんな気持ちでさ、子供にしては遅い時間……丁度今みたいに暗くなり始めた時に——私たちはここから落ちた」

有瀬陽乃が視線を向けているのに倣《なら》い、俺も改めて崖の下を覗き込んでみる。

大体2階の窓から落ちるくらいの高さだ。

人の手は完全に入っておらず、草木が生い茂っており、地面とのクッションになるだろう。

しかし子供にとって、この高さから落ちてしまうというのは大事件だ。

自分の力で這い上がるのも難しいだろうし、まるで奈落の底に落ちるに等しい。

だというのに俺の中には、ここに落ちたという記憶が、どこを探しても見つからない。

「不思議そうな顔ね」

「ここから落ちた記憶がなくてな」

「そりゃあ、すぅくんは意識がなかったもの」

「……は？」

言われた意味がよくわからなかった。だけど有瀬陽乃は、『やっぱりね』といった顔を見せながら、コツンとつま先で軽く地面を蹴る。

「子供心に、この下がどうなってるのか気になったのよ。で、覗き込んだ瞬間足元がずるりと崩落。すうくんは咄嗟《とっさ》に、落ちそうになった私たちを抱えて背中からドシーン！　てわけ」

「……そうだったのか」

しかし言われても、ピンとくるものはなかった。

もし言ってることが本当だとしたら、幼いながらも随分無茶なことをしたと思う。

――すぅくんは、いつだって無茶をするんです。

ふと、先日ひぃちゃんについて尋ねた際に、平折に言われた台詞《せりふ》を思い出す。

きっと、もしこの場所から落ちたとしたら、強烈に死を予感させられたことだろう。

あの頃の俺は母親を亡くして、そういったことに敏感だったと思う。

だからそれは、無意識にした行動だったのかもしれない。

「下敷きになった男の子はさ、私たちを安心させようと、朦朧《もうろう》とした意識でも『大丈夫、大丈夫だから』と必死に頭を撫でてくれてたんだ。けどね、途中で意識を失っちゃってさ」

「随分とサマにならない奴だな、そいつは」

「ホントだよ。その時の私は、すぅくんが死んじゃったー！　て泣き叫んでたんだからね。更には雨も降ってくるし、もうパニック状態！」

「けど今は御覧の通り、ピンピンしてるよ」

そう言っておどけると、有瀬陽乃もくすくすと笑う。そしてひとしきり笑った後、急に真剣な顔に変わる。身に纏《まと》う空気も一変し、圧倒されつつも引き込まれるものがあった。

これが現役モデルが持つオーラなのだろうか？

「おねえちゃんともども身を挺《てい》して守ってくれて、更には力尽きて気を失うまで励ましてくれた男の子。その子がただのよく遊ぶ男の子から、特別な憧《あこが》れを抱く男の子に変わるには十分な出来事だと思わない？」

「でもそれは、俺の知らない男の子だな。俺にそんな覚えはない。他人だ」

「そうかもね。でもだからこそ、私は今のすぅくんを知りたいし、今の私も知ってほしい……おねえちゃんのことを抜きにしてもね」

有瀬陽乃はそう言って、蕩《とろ》けるような笑顔を見せて右手を差し出す。俺も同じ気持ちだという思いを込めて、その手を握る。

一度強めにぐっと握りしめると、有瀬陽乃もギュッと握り返してきてくれた。

なんだか儀式めいたやり取りだが、胸にこそばゆいものがある。どこか南條凛と同志のごとく交わした握手を連想させられた。悪い気はしない。思わず笑みも零れてしまう。

そして有瀬陽乃も同じ気持ちなのか、不敵な笑みを浮かべていた。と同時に、どんどん顔を真っ赤に染め上げていき、瞳は泳ぎ動揺を隠せなくなっていく。

「……有瀬陽乃？」

「あ、あはは……いやぁ、あまりに青春っぽいっていいますか、我に返ると何やってんだーって感じになりまして、はい……それに男の子とこんな風に手を繋いだりして冷静になると凄くアレでいっぱいいっぱいでその……」

「……出会いがしらに抱き着いてきた奴が何言ってんだ？」

「き、昨日は感情が昂《たかぶ》っていたし、さっきのは演技だったから平気だったというか……その、私もですね、年頃の乙女なわけでして……」

——わ、私だって女子ですので！

ふいに、先日洗面所で平折に言われたことを思い出した。

今の台詞といい、いきなり顔を赤くして慌てだしてしまうところといい、妙なところで異母姉妹という血の繋がりを実感しまう。

それがなんだか可笑しくなって、笑いを堪《こら》えることができなくなってしまった。

「もう、笑わないでよー！」

「はは、すまん」

その後、有瀬陽乃には駅まで送ると言ったのだが、タクシーを拾うからと固辞された。ちなみに顔は赤いままだった。

平折との血の繋がりを感じさせられたことに、どこかほっこりしつつ家に着いた頃には、既に陽は完全に暮れてしまっていた。

……以前、遅く帰ってきた時の平折の様子を思い出し、もう少し早く帰るべきだったかと独り言《ご》ちる。また不安に襲われていないかと心配したが、玄関だけじゃなくキッチンやリビングにも灯《あか》かりが点《つ》いており、杞憂《きゆう》だったかとホッと息を吐く。

「ただいま、っと」

「あ、おかえりなさい」

「……平折？」

ドアを開けるなり、キッチンの方からとてとてと平折が出迎えてくれた。まるで尻尾があったら、千切れるほど振っていそうな笑顔だ。

その格好はブレザーだけ脱いだ制服にエプロン姿。髪は一つに束ねて、手には菜箸《さいばし》。どうやら夕食を作ってくれている最中のようだ。俺と目が合った平折は、悪戯がバレたかのような顔でえへへとはにかみ、手に持つ菜箸を背中に隠す。

「なんだか珍しいな」

「こ、こう胃袋を摑めば帰ってくるのも早くなるかなーなんて……そ、その、いつも作ってもらってばかりだし、私だって女子というのをアピールしないと……」

そんなことを、顔を真っ赤にしながら早口で言い立てる。

何だか先ほどの有瀬陽乃と同じ反応過ぎて、くつくつとまたも笑いが起こるのを堪えることができなくなった。

「むぅ……」

「違うよ」

平折が頬を膨《ふく》らませて抗議するが、バカにしてるわけじゃないぞという気持ちを込めて頭を撫でる。

髪をくしゃくしゃにされた平折は「ズルい」と唇を尖《とが》らせられた。

だけど――

「俺も手伝うよ」

「はいっ」

そう笑顔で返す言葉は弾《はず》んでいた。

『過去より未来の方が重要じゃない？』

ふと、かつて南條凜に言われたことを思い出す。まったくもってその通りだ。

何があったかはよくわからない。

でも平折は今、笑っている。それが一番重要だ。

「……平折は十分女の子だよ」

「ふぇっ⁉」

驚いた拍子に、溶いてる最中の味噌が俺に跳ねた。


その後、平折にジト目を向けられながらも一緒に夕食を作った。

昨日の残りのカレーにハンバーグ。それに小松菜のおひたしに、良くいえば具沢山、悪くいえば冷蔵庫の残り物のごった煮のみそ汁。まぁそれでも十分に豪華といえる夕食だ。

「……ん？」

「……ぁう」

しかしハンバーグを口に運んだ俺と平折は、揃って苦虫を噛み潰したような顔になった。

「表面は焦《こ》げてて、中は半生だな……」

「……ご、ごめんなさぃ」

「もしかして強火からそのまま弱火にしたのか？」

「ひ、火が強くて焦げちゃいそうだったので慌てて弱めてとろ火に……」

何ともやりがちな失敗だった。

ハンバーグの種はレシピを参考にしたのかよく出来ていたのだが、焼き方となるとそのあたりの経験値が低いのだろう。どうやら平折はまだまだ料理には慣れていないらしい。

だけど俺のために用意してくれたかと思うと、残すという選択肢はない。

しかしさすがに、半生の肉は食中《しよくあた》りが怖いので焼き直す。

そんな俺を、平折は随分と申し訳なさそうな顔で見ていた。

「次からは気をつけような」

「次……うん！」

フォローを入れるとにぱっと笑顔を見せ、釣られて俺も笑顔になった。

焼き直したハンバーグは更に表面が焦げてしまったが、それでも今までで一番美味《おい》しかった。


夕食後、風呂も済ませた俺は、試験勉強のためゲームにログインした。

勉強のためにゲームだとか、自分でもやってることが可笑しくて笑ってしまう。

『狩りに行きたい！』

『マクロぽちぽち、飽きた、です』

『……お前らな』

ログインして早々、挨拶代わりにかけられた言葉がそれだった。

お互いゲームで遊ばないよう監視し合っているので、ここのところ本格的なゲームはしていない。デイリーミッションなどは大目に見てはいるが、フラストレーションが溜まっているというのはわかる。だが試験はもう明後日までに差し迫っていた。

『テストさえ終わったら、存分にできるだろう？　我慢だ我慢』

『約束のカラオケセロリのコラボも、行きたいです』

『わぁ、コラボフードいいよね、私も……ってちょっとその話は何!?　聞いてないんだけど！』

「……あっ！」

そんなチャットと共に、隣の部屋から「ふぇ!?」という情けない声が聞こえてきた。

そういえば何かと間《ま》の悪さが重なって、平折に南條凜からのお願いについては話しそびれていたっけ……

『クライス、さん……？』

『クライス君……？』

『あーいや、その、実はな……』

変に言い訳することもなく、素直に謝りながらカラオケセロリのことを説明した。

うっかり忘れていた俺が全面的に悪いので、平身低頭謝罪する。彼女たちのお叱《しか》りの声も真《しん》摯《し》に受け止める。

だから『バカ！』『忘れっぽい！』『朴念仁《ぼくねんじん》！』と言われるのはいい。

『わざと私に言わないで、サンク君と2人っきりで会いたかったんじゃないの？』

『僕、男の人とデートしたことないので、それはそれで楽しみかも、です』

なんて南條凜が煽《あお》るものだから、平折が拗《す》ねた。拗ねてしまった。それはもう普段の頑固さも相まって、子供のような拗ねっぷりだった。

その後は何を言っても『へぇ』とか『ほぉ』とか言わない機械のようになってしまって、南條凜かもらスマホで直接《な、何とかしなさい！》とメッセージが来る始末だ。

なんとか米つきバッタのように謝り倒し、コラボフードを奢《おご》るということで手打ちとなり、ホッと一息つく。

『ま、クライス君って昔からそういうところあるもんね。思えば先日、私をカラオケセロリのコラボに誘った時も、私の中身が誰か知らずに誘っていたんだから』

『っ!? そ、その話、詳しく、です！　フィーリアさんが、誰か知らずに誘ったってことですか!? 普段からそんな、ナンパのようなことを、してるですか!?』

『あ、いや、当時はフィーリアさんがそもそも女子だと知らずに――』

そしてどうしたわけか、今度は南條凜から不審な目で見られる事態になってしまった。

しきりに『女たらし』とか『釣った魚に餌をやらなさそう』とか謂《いわ》れのない言葉を浴びせられ、どうしていいかわからない。

他にも『隣のクラスの月島《つきしま》さんが、興味もってるって言ってた、です。どういうこと、です？』とか問い詰められても、そもそも面識がない相手だし勘弁してほしい。

なだめすかすため、結局南條凜にもコラボフードを奢るはめになった。

しかし相変わらず2人は俺の普段の態度がどうこうという話を続けており……何だか世の理

不尽さに、少しだけ涙が出てしまう。

『やぁみんな、この時間帯に狩りに出てないなんて珍しいね』

『アルフィさん。実は今、中間テストの勉強中で互いに監視してるんですよ』

『そうなのかい？　手が空いているならレベル上げを手伝ってもらおうかと思ったけど――』

『気分転換に行きましょう』

『え？』

『ふぇ？』

『いいのかい？』

この場の空気に耐えられなかった俺は、素早く3人をパーティに誘ってクエストを受注していく。『さっきと言ってることが違うぞー』とか『ごまかした、です！』などと言われるが、心の平穏のために無視をする。

それに、いざ久しぶりに狩りへと出かければ――

『もっと敵をかき集めろ、です！』

『あはは、範囲魔法どーん！』

『き、君たち凄いテンションだね……』

『はは……』

そちらの方に夢中となり、俺の目論見《もくろみ》は成功するのだった。

その後、密度の濃い1時間を過ごし勉強に戻る。

中間テスト前々日の1時間は大きいが、それでもストレス解消に寄与したかと思えば悪くはないか。

もっとも、はしゃぎ過ぎて少々疲労感に包まれているのも事実なのだが。

気分を入れ替えるため、ぐぐーっと大きく伸びをする。

「あ、ぁの」

「……平折？」

その時、遠慮がちに部屋のドアが叩かれた。

ドアを開けると、わざわざ着替えたのか、フィーリアさんの格好をした平折がいた。

もじもじと何か言いづらそうな雰囲気だ。南條凜と3人でカラオケセロリコラボに行くことを、言い忘れていた件かなと思い、頭を下げる。

「すまない、本当に忘れていたんだ」

「い、いえ、そうじゃない、です……」

しかし平折はそれを否定した。では一体なんだろうか？

立ち話も何なので、部屋に招き入れる。平折はそこが指定席だと言わんばかりに、俺のベッドにぺたんと腰掛けた。

俺も椅子に座って平折と向き合い、言葉が出るまでじっくりと待つ。

「『……』」

モニターに映るキャラのマクロがとっくに終わり、離席を示すアイコンがついた頃、平折はゆっくりと口を開き始めた。

「い、今の私は、あの時と違います」

「あの時？」

「初めてこの格好で会った時……」

「……そうだな」

見た目も中身も、そして俺たちの関係性も随分変わった。少し懐かしくさえもある。

「お願い、決まりました」

そんなことを思う俺に、平折はいつになく強い口調で声を上げる。

「も、もう一度あなたと２人で、あそこへ行きたいですっ！」

「……平折」

思えば、あの時は互いに散々な内容だったと思う。ロクに話もしなかった。互いに意図を探り合っていただけだ。失敗だった。

きっとそれは、平折にとっても悔いが残るものなのだろう。

それに考えてもみれば、あそこは平折との関係が変わった特別な場所だ。

「ダメだ」

「……え？」

「お願いじゃなくてさ、元からそれは約束していただろう？」

「……ぁ、……はぃっ！」

チャットのログ上でだけど、確かにその約束はした。

今度はもっと良いものになるよう、思い出を重ねよう。

「じゃあまた他のお願い、考えないとですね」

「そうだな」

そして俺たちはくすりと笑い合うのだった。

# 5時間目 Play Time. 変化と文化祭準備

そうこうしているうちに、中間テストが始まった。

色々あったものの、ゲーム内での勉強会は非常に有意義だったと思う。

おかげで今回のテストは今までで一番の手ごたえがあった。

これも全て、南條凜《なんじようりん》がチャットで疑問点を教えてくれたおかげだ。

「おはよー」

「うーす、昴《すばる》！　吉田《よしだ》！」

「やぁ、みんな」

「おはよ」

「お、おはようございます」

4日間にも及んだ中間テストも最終日を迎え、連日遅くまで勉強しているためか、皆の顔には疲れが滲《にじ》み出ている。最後の追い込みということもあって俺も寝不足だ。

「それにしても康寅《やすとら》は妙に元気だな」

「おうよ、今日で解放されるからな！　いつもより寝てるし、部屋も片付いたし！　それにテストが終わったらすぐ文化祭があるっしょ。実はオレ、テスト期間中もずっと何がいいか考えてたんだ！」

「はは、祖堅《そけん》君らしいね」

勉強しているのだかしていないのだか、相変わらずの康寅に笑いが零《こぼ》れる。皆の顔はやつれてはいたが、それでも康寅ほどではないが浮ついたものがあった。俺もそうだった。

……それと。

先日の平折《ひおり》と有瀬《ありせ》陽乃《ひの》の件があったにもかかわらず、今までとあまり変わりのないこの空気が有難かった。

……皆気を遣《つか》って口にしないのか、それとも勉強で手いっぱいなのかはわからないが。

だが変わったものもある。

「ん～、あたしも早くテスト終わらせて思いっきり寝たい！」

「いや凜、お前は……厚化粧になってるぞ」

「昴？　そういうのは気付いていても言わない！」

「いてて、やめろ、鼻がもげる！」

南條凜の寝不足は、夜中にこっそりゲームをやっているからだった。互いに監視している時は大人しく勉強しているようだが、微妙にレベルが上がっているので隠せていない。

そんな軽口を叩いた俺に、にこにこ笑った彼女が俺の鼻を摘《つ》まんで引っぱる。その距離は近い。端整な顔を近づけられドキリとした俺は、思わず後ずさってしまう。

「もう、昴は変な所ばかりに気がついて……他に気付くことはないの？」

「……少し前髪切ったか？」

「ふふっ、せーかい。どう？」

「……似合ってるよ」

「よろしい！」

そう言って満足げに頷《うなず》いた南條凜は、嬉しそうな笑みを見せた。気が置けない、思わず見惚《みと》れる自然な笑顔だった。

「なぁ昴、鼻痒《かゆ》くないか？　摘まんでやるぞ！」

「おい、やめろ康寅！　鬱陶《うっとう》しい！」

「ははっ、それにしても倉井《くらい》君は南條さんと随分仲が良くなったんだね」

最近、というより、先日の南條凜の家での一件以来、南條凜の俺に対する呼び名が倉井から昴に変わった。

他にもやたらとスキンシップを取るようになってきたし、今みたいな下らないやり取りも増えた。今まで皆の前で被っていた猫を、俺の前でだけ脱ぎ捨てるのを、周囲に隠さなくなってきたのだ。坂口健太《さかぐちけんた》の言う通り、傍目《はため》には仲が良く見えるのも当然だろう。

南條凜は今更強調することではないが、かなりの美少女だ。それこそ現役人気モデルの有瀬陽乃と並んでも遜色《そんしょく》はない。

そんな彼女と仲良くなれるのは嬉しいと思う反面、こうも積極的に出られると、男としては非常に困る。ドキドキするなというほうが難しい。きっと揶揄《からか》っているとは思うのだが——だから、心の中での呼び方は、未《いま》だに凜ではなく南條凜だった。

俺は機嫌良さそうに前を行く南條凜の背中を見て、はぁ、と大きくため息をつく。

「え、えぃ！」

「……平折？」

「あの、その、鼻……～っ、な、なんでもっ」

「あ、あぁ……」

いきなり平折に鼻を摘まれた。いきなりのことでびっくりしてしまう。

何かの悪戯《いたずら》のつもりなのだろうか？

その割にはやらかした本人の顔がどんどん赤くなっていき、「ぁぅ」と鳴きながら、とてとてと南條凜の背中を追いかけた。

「何だったんだ、あれ……？」

キーンコーン、とチャイムが鳴る。

「よし、後ろから答案用紙を集めてこい」

教師の声と共に、4日間にわたった中間テストは終わりを告げた。

待ちに待った解放感からか、教室のそこかしこから歓喜の声が上がってくる。

遊びに繰り出そうとする者、早速とばかりに文化祭は何をしようかと話しだす者と様々だ。

俺はといえば、少し憂鬱《ゆううつ》な顔をしていた。試験が終わったらと、先延ばしにしていた有瀬陽乃から持ちかけられた異母姉《平 折》についての相談の一件があるからだ。

正直気が重い部分もあるが、だけど避けて通るわけにもいかない。それに、テスト期間はある程度心を落ち着かせるのに十分な冷却期間にもなった。

有瀬陽乃に、そんな簡潔なメッセージを送る。しばらく待って、すぐに返事が来ないことを確認してからスマホをしまう。そのうち連絡があるだろう。

《試験が終わったぞ》

色々考えることはまだ残っているが、今日くらいは打ち上げと称して騒ぐのも悪くない――そう思って隣のクラスに顔を出せば、そこでは康寅が教壇で熱弁を奮《ふる》っていた。

「諸君！　敬愛なる男子諸君！　オレはこのクラスの男子の1人として、声を大にして言いたいことがある！　そう、文化祭についてだ！」

女子からはいつものことかと呆れた視線を向けられつつも、一部の男子たちに熱心に話しかけ一緒に盛り上がっている。つまりいつも通りの康寅だった。どうやら康寅は文化祭に向けて動き出すらしい。

俺が苦笑していると、浮き立った様子の平折と南條凜がやってきた。

「ほら、帰るわよ、早く帰るわよ！」

「と、途中コンビニで色々買い込みませんと」

「あ、あぁ」

そしてしきりに帰宅を急《せ》かす。どうやら早くゲームをしたいらしい。

昇降口を出れば、グラウンドに向かう集団も見える。部活も今日から解禁のようだ。

その中に坂口健太の姿もあった。それぞれが試験明けの解放感を満喫している。

ぐんぐん先を行く南條凜と、とてとてと後を追いかける平折を見て、俺は口元を緩ませた。


途中コンビニに寄ってお昼を買い、いつもより早歩きで帰宅した。平折に釣られた形だ。

「ただいまーっと」

「た、ただいまっ」

平折はローファーを脱ぐなり、すぐさま階段を駆け上っていった。そのままログインするのだろう。

俺も後を追いかけるように自分の部屋へ向かい、ゲームを立ち上げる。遅れると怒られそうだと思うと、くつくつと喉《のど》が鳴る。

そしてログインすれば、意外な組み合わせが会話をしている真っ最中だった。

『——で、上司と物凄い喧嘩になってね。自分の立場とかを考えると転職しようかなと思ったりも……って、クライス君だ』

『転職先は、同業他社です？　それとも別業種……あ、こんにちは、です』

『アルフィさんにサンク……なんか物凄い会話してるな。何ならその、席を外すけど』

『はは、別に構わないよ。ちょっとした仕事の愚痴というか転職に悩んでてね……それにサンク君はかなり現実的で大人びたアドバイスをくれるから助かってるよ』

『えっへん、です』

『は、ははっ……』

予想外の会話内容だった。アルフィさんは軽いノリで言っているが、転職なんて人生を左右する一大事だ。まだ高校生でしかない俺は、何て言っていいかわからない。南條凜は……なんていうか、さすがだな。

しかし……気になることがある。

確か先日、アルフィさんは有瀬陽乃のことについて愚痴っていた。仕事で付き合いがあるのだろう。

そして南條凜から聞いた、平折が有瀬陽乃のスキャンダルの種だという言葉。

胸がざわつく。気づけば不躾《ぶしつけ》だと思いつつも会話に割って入っていた。

『アルフィさんの転職の悩みって、もしかして面倒くさい着せ替え人形が原因ですか？』

『どうしてそう思……って、そういえばこの間クライス君にも愚痴っていたね』

『ええ。何かあったんですか？』

『……特に何も。何もないから……そうだ、クライス君、それにサンク君。仕事って何のためにすると思う？』

『仕事……？』

『仕事、です？』

いきなりの質問だった。

仕事と聞いて、真っ先に思い浮かべたのは父親のことだ。

母親を亡くし、寂しさを紛《まぎ》らわせるために仕事に没頭し、そして再婚すると同時に単身赴任を繰り返し家に帰ってこな……いや待て、何かが引っかかる。

ここ最近の記憶を探っても、父親が家にいた記憶が極端に少ない。そしていつも弥詠子《やえこ》さんと一緒の姿ばかりが思い浮かぶ。

そう、平折と2人っきりで会うのを避けているかのように。

平折の男性恐怖症のことを知っているからこそ、家に足を向けないのか……？

『僕にとっては、我慢してこなさざるをえない、です』

『ははっ、手厳しいね。でもそこは同感かな』

チャットではサンクが答えていた。

そして以前、南條凜が両親の前で見せていた操り人形じみた姿を思い出す。胸が嫌な風に騒《ざわ》めき立つ。そう、あれは確かに南條凜にとっての仕事だ。

顔をしかめていると、フィーリア《平折》さんがログインしてきた。

『あーもー、サンク君にクライス君、遅れてごめん！　いきなりパソコンのアップデートがはじまっちゃってさーって、アルフィさんだ！　やほー！』

『やぁこんにちは、フィーリアさん。そういえば今日は皆、ログインが随分早いんだね？』

『中間テストが終わった日だからね！　今日は一日中ゲームができる！』

『がっつり、やるです！』

『はは、僕も今日はオフだし、便乗させてもらおうかな』

『『おおーっ（です）！』』

そしてレベル上げに行きたい、トレハンしたい、欲しい素材がある、レアモブが湧きそうだから狙いたいなど、次々に自分の要望を述べていく。場の空気が変わる。

『俺は死者の砦《とりで》のスカルドラゴンの周回がいいかな。あそこでレアドロップの斧《おの》が欲しい』

『行くなら、今回はタンクで行きたい、です！』

『あはは、大丈夫かな？　僕まだギミックがあやふやで』

『寝たら回復魔法で起こすよー！』

俺も頭を切り替え、ゲームに没頭していくのだった。

この日は夜遅くまで、がっつりとゲームをした。
『お、おつかれー』
『また明日、です』
『さすがに僕もへとへとだ』
『俺も……まぁ目当てのものが取れたしホクホクだ』
レベル上げにトレハンに、それぞれの目標を達成する。疲れたものの満足度も高い。
パソコンの電源を落としてぐぐーっと伸びをすると、スマホがメッセージの通知を告げた。
有瀬陽乃からだ。
《返事遅れてごめん、今までちょっと手が離せなくて》
《こんな時間にまで仕事か？　大変なんだな》
《あはは、ちょっとね。それでおねえちゃんの相談のことだけど、いつにする？》
《俺はいつでもいいぞ。文化祭の準備期間に入るし、買い出しとかで抜け出せばある程度時間の都合もつく》
《へぇ、文化祭！　いいなぁ、ちょっと憧《あこが》れちゃう》
《そっちの学校はないのか？》

《あるにはあるけど、クラス単位での纏《まと》まりにいまいち欠けて盛り上がることがないというか、規模もすごく小さいし……あ、いいこと思いついちゃった！》
《なんだよ？》
《えっへっへ、秘密！　楽しみにしててよね！》
《あ、おい！》
それっきり返事は戻ってこなかった。
時計を見ればとっくに日付が変わっている。
「……ったく」
まるで昔と変わらない。子供の頃、彼女に振り回されたことを思い出す。
俺はがりがりと頭を掻いて、部屋の電気を消した。

◇◇◇

学校はすっかり文化祭モードへと塗り替えられていた。
教室は朝から文化祭の話題一色だ。
授業中もどこか落ち着かない空気が漂っており、教師もやりづらそうにしている。
文化祭といえば高校生活での一大イベントだ。

去年は適当にクラスの出し物の準備に関わり、当日は適当にぷらぷらしていただけだったが、それでも楽しかったのを覚えている。

とにかく、これより文化祭当日まで半日授業で、午後からはその準備だ。

昼休みになれば、学校中が騒《ざわ》めきだす。浮かれた熱と空気が一気に解放される。

俺は浮き立った気分で隣のクラスへと足を運んだ。

そして目に飛び込んできた光景に、ビクりと頬を引きつらせた。

「やっぱりね、既存のものを使うのもいいんだけど、自分たちで手作りするのもいいと思うの！」

「わかります！　私、演劇部や漫研の同志たちにも声をかけます！」

「こ、これを機に興味を持ってもらって沼へ……」

「くふふ……南條さんに吉田さん……着せたいものが多すぎる……あぁぁぁぁ、このクラスで心底良かったわ……っ！」

「あ、あの、私……っ」

それは異様な熱気を見せる女子の集団だった。

南條凜が先頭に立ち、普段は教室の隅で自分の世界に没頭している系の女子たちと共に気炎を上げている。

平折はといえば肉食獣に捕まった子羊のように、彼女たちに揉《も》みくちゃにされていた。巻尺が見えるところから、服か何かの寸法を測られているみたいだ。

一体あれはどうしたというのだろうか？

そんなことを思っていると、腕を組み満足そうに頷く康寅が近くにやってくる。

「なぁ康寅、あれは何だ？」

「ふっ、うちのクラスだけどな、文化祭はハロウィンコスプレ喫茶をすることになってな」

「ハロウィンコスプレ喫茶……？」

「ま、ハロウィンって銘打《めいう》ってるけど、実態は何でもありのコスプレ喫茶だ！　ほら、うちのクラスには南條さんに吉田がいるだろ？　この2人を活かして色んな姿を見たいっていう紳士淑女がたくさんいた……ただそれだけの話さっ！」

「そ、そうか……」

康寅はやたらと爽《さわ》やかな笑顔で親指を立てる。

昨日の様子を見るに、クラス中にそれを言って回っていたのだろう。

意外なのは、いわゆるアニメやゲームが好きだったりコスプレとかに興味がある女子たちの存在だ。

康寅のことだから、てっきり男子連中の賛同しか得られないと思ったのだが……

もちろんそういった女子たちの盛り上がっている要因に、平折と南條凜の存在もあるだろう。

2人を着飾らせ接客させるだけで、人気が出るというのは想像に難《かた》くない。

なるほど、確かにこのクラスならではの出し物だ。

もう一度平折に目をやれば、「ろりろりごすろり」「めいどたんはぁはぁ」「巫女《みこ》服も捨てがたい」「魔女っ子……いや魔法少女っ！」といった声に囲まれながら採寸されている。

ふと、そんな色んな格好をした平折を想像する。髪型や衣装一つで様々な側面を見せてくれているのを知っている。

……どれも見てみたいな。そんなことを思ってしまう。

そして涙目で着せ替え人形にされている姿に、クスリと笑いが零れてしまった。

「そういや昴のところは何をやるんだ？」

「まだ何にも決まってない。午後から話し合うんじゃないか？」

「そうかー。へへっ、そっちの女子の衣装がどういうものになるか楽しみだな！」

「……特にそこは何もないと思うぞ」

康寅は心底意外そうな顔で、「バカな」と呟《つぶや》く。俺はジト目で見やり、はぁっと大きなため息をついて後にした。

それにしても文化祭、か。

今年は平折が変化を遂《と》げ、南條凛とも知り合った。去年とは違う。

だからというか不謹慎かもしれないけれど、何かハプニングが起きそうでどこかわくわくしていた。

昼休みが終わった。午後からは文化祭の準備だ。

俺のクラスでも、出し物を何にするかの話し合いが行われている。

どうやら展示物か何かで適当にお茶を濁して文化祭当日を満喫したい派は少数のようで、何かしらの飲食店の屋台をしようという方向で纏まっていく。現在、具体的に何をしようかと協議中だ。

ま、何でもいいんだけどな。

クラスの中にはこれといって親しい友人がいないので、いまいちクラスの出し物というのは自分の中での盛り上がりに欠ける。

とはいうものの全く何もしないというわけにはいかず、そこそこ料理をしてきた経験があるので、当日の調理担当に立候補しておいた。

屋台を作らなきゃいけないけれど、それは詳細が決まってからだ。

というわけで手持ち無沙汰になった。

机で頬杖を突きながら耳をすませてみれば、教室だけでなく、廊下やいたるところからも熱の込もった話し声が聞こえてくる。

そして周囲に目をやれば、他のクラスから押しかけてきた友達とおしゃべりしたり、部活や有志の出し物の手伝いに行くため教室を出ていく者も多い。

「…………」

そういや隣のクラスは昼休みの時点でハロウィンコスプレ喫茶に決まっていたんだっけ？

特に教室に残っていてもやることはない。いなくても問題ないだろう。

それならばと思い立ち、隣のクラスへと足を運ぶ。

すると昼休みと違った層の女子たちが盛り上がっていた。

「どうせやるなら、デザインも自分で考えたいよね！」

「これって、文化祭終わったら自分で作ったのは持って帰ってもいいの？」

「一度、こういうコスプレってしてみたかったんだよねー」

「ドレスとか一度は着てみたい！」

彼女たちの中心にいたのは、またしても南條凜だった。よくよく見れば、普段南條凜と交流している面々である。

昼休みは心なしか遠巻きに見ていた彼女たちであったが、どこか熱に浮かされたような空気の中、色々とデザイン案を出している。そして和気藹々《あいあい》とした雰囲気を作り出し、それを見守る南條凜は、とてもいい笑顔を彼女たちに向けていた。

けど、あれはなんていうかその……

「……洗脳」

「……布教と言ってほしいわね」

耳ざとく俺の呟きを拾った南條凜が、俺の傍《そば》までやってきた。

あの子たちを放っておいていいのかと視線をそちらに投げかけると、自分の役目は終わったとばかりに肩をすくめて苦笑する。

彼女たちはノートを広げ、デザインを絵に起こしながら意見をぶつけ合っていた。

そこへ康寅が何人かの男子と女子を連れていく。どうやら絵が得意なクラスメイトのようで、彼女たちのイメージを拾ってはノートへと描き出してアイディアを膨《ふく》らませていく。

ちなみに康寅はデザインについて過激な提案をしては女子たちの顰蹙《ひんしゅく》を買っていた。

「敵情視察かしら？」

「まさか。たんに暇《ひま》なだけ」

今度はこっちが肩をすくめ、そしてもう一つ集まっているグループへと視線を移す。

そこには昼休み、クラスの中心となって盛り上がっていた、普段は日陰に隠れていそうな女子たちと平折の姿があった。

こちらもまた昼休みと違ってあわあわとした様子ではなく、真剣な表情で1人の女子生徒の言葉に耳を傾けている。

「これがまつり縫いの方法ね。表からの縫い目がわかりづらくなる縫い方で、自分で制服のスカートを短くする時にも使えます」

眼鏡をかけたおかっぱ頭の、パッとしない女子だった。どうやら彼女を講師として、実際に衣装を作る際の縫い方講座が開かれているようだ。

そして平折を含めた他の女子たちは、端切《はぎ》れを使ってちまちまと針を動かしている。

南條凜はそこに交じらなくてもいいのだろうか——と途中まで考え、彼女なら裁縫もそつなくこなしそうだと1人納得する。

平折は細かい作業をするためなのか、その豊かな髪を一つにまとめていた。上手《うま》く針を扱えないようで、眉をひそめつつ、時折指をぱくりと咥《くわ》えて涙目になる。他の子たちと比べても、あまり器用な方ではないらしい。

「あ、そこはこの針を使ってみて」

「っ⁉ すんなりいけました！」

「分厚い生地《きじ》だと針も太いほうが楽なのよ。ほら、この折り重ねたのも通してみて」

「ふぁ！ すごい、一気に！」

しかし誰よりも真剣に耳を傾け、上手くできると花も綻《ほころ》ぶ笑顔を見せる。

それは教え役に回っている周囲の女子たちをも魅了していた。

あんないい顔を見せられると、教えがいもあるというもの。

前のめりになって一生懸命練習する姿は、微笑ましくも眩《まぶ》しい。俺も目尻が下がる。

「……えいっ！」

「っ！ 凜、いきなり何すんだよ⁉」

何故か急に、南條凜に鼻を摘まれ引っ張られた。

無駄に高い運動スペックでそんなことをされたので、体勢を崩してこけかけてしまう。

……凜の中で最近流行《はや》っているのだろうか、これ？

抗議の意味を込めてジト目で彼女を睨《にら》みつけるも、何故か咎《とが》めるような眼差《まなざ》しでこちらを見返され、ちょっと怖気《おじけ》づく。

「ま、昴だし、しょうがないか」

「……意味がわからん」

呆れ気味に呟いた南條凜は、くるりと踵《きびす》を返して、デザイン案で白熱した議論を交わしているグループへと戻っていく。

俺はどこか釈然としない気持ちで、その背中を見送った。


その後、自分の教室に戻る気にもならずブラブラと適当にうろつく。

校内は文化祭に向けての喧騒に包まれている。

だがそれを聞く俺の喉の奥に、ほのかに苦いものがあった。

先ほどの平折や南條凜、そして康寅が一緒になって作業しているのを見て、少しだけ疎外感を覚えてしまったからだろう。

「難しい顔してどうしたの？」

「いや、俺だけまだ何もすることがなくてな」

「へぇ、周りの人たちは皆なにかしらしてるっていうのに？」

「そりゃ主だって動いてるやつらが目立っているだけ……って、おい！」

「やほー、きゃっ!?」

いつの間にか目の前に現れ話しかけてきた女子生徒を見るなり、俺は慌てて手を掴んで人気《ひとけ》のない場所――非常階段へと強引に引っ張った。

突然のことで相手もびっくりしている。だが俺はそれ以上にびっくりしていた。

「何やってんだよ、ひぃちゃん！」

「あはは、何ってその、文化祭準備見学？」

その女子生徒は平折に擬態した有瀬陽乃だった。

悪びれた様子もなく、けらけらと笑って手を振りながらも、こうした場所が珍しいのかきょろきょろと周囲を見回している。

有瀬陽乃は現役の人気モデルだ。そして平折と異母姉妹であり、よ、よく似ている。何かの拍子で様々な事情が露見すれば、頭の痛い話だ。思わずこめかみを押さえる。

「……バレたらどうすんだよ」

「大丈夫だって、誰も私が有瀬陽乃だって微塵《みじん》も思ってなかったし」

「そりゃあ、うちの制服着てまさか校内に忍び込んでいるとは思わないだろ」

「うーん、そういうのじゃなくて……ちゃーんと吉田平折だって認識されてたよ？　それにしてもおねえちゃん、もしかして結構モテる？」

「マジか……」

どうやら平折として、既に色んな人物と接触していたようだった。思わず天を仰ぐ。

その有瀬陽乃はといえば、どこか誇らしげにくるりと身を翻《ひるがえ》し、口元に人差し指を当てウィンク。ちょっとしたポーズを決める。

さすがモデルだけあって様になっており、普段の平折の清楚で優等生然とした格好なのにもかかわらず、少しばかり小悪魔めいた雰囲気を醸《かも》し出していた。

ジト目で有瀬陽乃を見る。

平折に似ている姿だからか、そのポーズには妙な違和感があり、思わず顔をしかめてしまう。

そんな俺を見ていた有瀬陽乃は、俺の顔を覗き込み首を傾《かし》げた。

「あ、もしかしておねえちゃんって彼氏いるの？」

「…………は？」

「もしくは、すぅくんがおねえちゃんと付き合ってる？」

「いやいやいや、ないないないない。ていうか何故いきなりそういう話になる！」

突然の話題転換だった。そしてありえないと、思わず強く否定する。

むしろイジメとかそっちの方が心配だ。先日も一部の女子からやり玉に挙がっていたところを南條凛の機転で救われたのを思い出す。その騒ぎで俺が停学になったのも記憶に新しい。

そんなぶすーっとした俺の顔を覗き込んだ有瀬陽乃は、表情を一変、心底よくわからないなと、眉を寄せて尋《たず》ねてくる。

「だってさー、このおねえちゃんそっくりの姿、自分で言うのもなんだけど、これはこれですっごく可愛いと思わない？」

「それ、は……」

「それは？」

「ちょっと前の姿よりはマシかな？　ほら、初めて駅前で会った時、ひぃちゃん変装して、モサくてダサい格好してただろ？　あんな感じだったたんだ」

「なるほどなるほど、じゃあこんなに可愛くなったのは最近なのね。てことはこれからが大変なのかなー？」

「……んなことねーよ」

「どうして？」

「どうしてもなにも、平折だし……」

「あはは、なにそれー」

有瀬陽乃は腹を抱えて笑いだした。よくわからないが、その過剰な反応は少しバカにされているかのように感じる。じろりと睨みつける。

するると有瀬陽乃は目尻の涙を拭《ぬぐ》い、俺へと向き直る。

そして愉快げな表情で断言した。

「おねえちゃんはモテるよ」

「……ちょっと信じられないな」

「えぇ～、だって私の――有瀬陽乃のおねえちゃんなんだよ？　モテないはずがないと思うけどなぁ」

「……っ！」

言葉に詰まってしまう。確かに有瀬陽乃の言う通りかもしれない。

口を噤《つぐ》んでしまった俺を、有瀬陽乃は興味深く覗き込んでくる。

「考えたこともなかった、って顔ね？」

「……平折の相談ってこのことなのか？」

「まさか！　うん、でも……おねえちゃんが皆に愛されてほしいっていうのはあるかも♪」

「どういう……ちょ、おい！」

そう言って有瀬陽乃はギギギと非常階段の鉄扉を開け、校内へと戻っていく。俺は慌てて後を追う。

足取り軽く、にこりと周囲に愛嬌《あいきょう》を振り撒《ま》き歩けば、注目を集めるなという方が難しい。

俺はハラハラしながら追いかけ、捕まえようとしてもひらりと巧《たく》みに躱《かわ》される。手を伸ばす。

空《くう》を切る。有瀬陽乃が悪戯っぽい顔でちろりと舌先を見せる。

「おい、待てってば！」

「あはは、やーだよっと！」

まるで子供の鬼ごっこだ。完全に遊ばれている。

——あぁ、そうだった。昔からこんな風に振り回されていたっけ。

だけど妙に憎めないのが、有瀬陽乃——ひぃちゃんという女の子だった。

呆れてため息が出ると共に、口元も緩む。

しかし廊下の角を曲がろうとした時、ものすごい勢いで駆けてきた人影とぶつかりそうになる。

「きゃっ！」

「っとっ⁉」

「すまない……って、倉井君に吉田さんっ⁉　そこをどいてくれ！」

坂口健太だった。よほど慌てているのか、物凄い形相《ぎようそう》をしている。

その原因は、彼の背後から追いかけてくる者たちを見ればすぐにわかった。

「そこの人、坂口きゅんを捕まえて！」

「うちの看板娘を逃さないで！」

「ほら、お前も早くこっち側に来いって！」

「そのうち段々と快感になってくるぞ！」

異様な集団だった。

坂口健太のクラスメイトと思《おぼ》しき女子たちと、女子の格好をした男子たちだ。

どうやら文化祭の出し物の絡《から》みなのだろう。

一瞬たじろぎ、有瀬陽乃と顔を見合わせる。

「あはは、文化祭だし、そういう格好してみるのもいいかもだよ？」

「そ、そうは言うけど吉田さん、アレ皆絶対面白がってるだけだから！」

「ええ、一緒に楽しめばいいのに」

「無理だよ！」

「…………」

面白がって、そう諭《さと》してくる有瀬陽乃に対し、普通に受け答えしている坂口健太を見て眉を顰《ひそ》める。

どうやら平折と勘違いしているらしい。

なんだかそれがやきもきしてしまい、ガシッと彼を捕まえて彼らに突き出した。

「ちょっ、倉井君!?　うわ、皆何をっ、落ち着い――」

「ほら、クラスにちゃんと貢献しろよ」

「へっへー、年貢《ねんぐ》の納め時だぜ、坂口！」

「ほらほら、一緒に新しい扉を開けようぜ！」

「はぁはぁ、どんなお化粧をさせようかしら？」

坂口健太はクラスの男子に羽交い締めにされ、女子にべたべたと品定めをするかのように触られ連行されていく。

去り際《ぎわ》、先陣を切っていた女子がにっこりと微笑み、礼を言う。

「ありがと。うちのクラス、女装キャバクラ『耽美《たんび》』ってのをやるんだ。もし来たら、美人に変身したケンティを指名してあげてね。吉田さんも見に来てね」

「あ、あぁ……」

「はーい」

どうやらそれが坂口健太のクラスの出し物らしい。なるほど、逃げ出すのも無理はない。少しだけ同情しないわけでもない。

それはそれとして、気になることがあった。

「………」

「うん？　私の顔に何かついてる？」

「いや、気付かないものなんだなぁって」

「多分すぐに気付くすぅくんが異常だと思うよ」

「そうかぁ？」

「てわけで、色々見てくるから！」

「あ、おいっ！」

そう言って有瀬陽乃は駆け出していく。

俺はただ、釈然としない顔で見送るしかできなかった。

# 6時間目 Play Time. わかんないんだよ

連日、文化祭の準備が続いていた。

「おはよーっ！」

「はよーっす！」

「やぁ、おはよぅ……」

「おはよ……」

「……おはようございます」

朝の改札口、いつものメンバーで挨拶《あいさつ》を交わす。

文化祭が近づくにつれてテンションが上がっていく凛《りん》と康寅《やすとら》に対し、平折《ひおり》と坂口健太《さかぐちけんた》の顔色は対照的だった。平折なんて目の下に隈《くま》なんて作っている。

しかし平折と凛はテンションも顔色も正反対だったが、2人とも言葉の端々《はしばし》にわくわくとした期待感が躍《おど》っていた。

「やー、我ながら難儀な衣装にしちゃってさ、おかげで寝不足になっちゃって困るよー！」

「でも、完成が見えてきました」

その原因は文化祭でやるコスプレ喫茶で使う衣装制作だ。最近はゲームもそこそこに、必死に針を動かしているのを知っている。

隣の部屋の灯《あか》りは日付が変わっても消える気配がなく、その結果が今のフラフラとして隈を作っている平折だ。

平折は凝《こ》り性《しょう》だ。

俺はそのことを、ゲームを通じて嫌というほど知っている。

錬成、調合に木工……一度ゲーム内コンテンツにはまって自分で目標を定めると、徹夜を繰り返すこともたびたびあった。

当時はフィーリアさんが平折と知らず、ゲーム内でよくもまぁ……と呆れていたものだったが、果たして今の現実世界での平折はどうだろうか？

今回もゲームの時のように、何か目標を定めたのだろう。

不器用ながらも自分で決めた道を邁進《まいしん》する姿は、見ていて応援したくなる。少し根《こん》を詰めすぎて心配にもなるが、平折も、そして南條凜も言ったところで止まるような性格じゃない。

それに裁縫なんて何もわからないので、俺に手伝えることは何もなかった。

「さすがにゴスロリはフリル過多だったかなー、だけど、いやだからこそ、いっぱいつけちゃうんだよね」

「着物袴《はかま》はシンプルだから、なにかと神経使います」

目の前では平折と凜が楽しそうに衣装製作の進捗《しんちょく》状況について話をしている。

俺はその様子を、何となく居心地が悪い気持ちで眺めていた。

「どうした昴《すばる》、浮かない顔をして？　そっちのクラスの準備上手《うま》くいっていないのか？」

「……ま、そんなところだ」

話しかけてくる康寅の言葉にドキリとしてしまう。そんなあからさまな顔をしていたのだろうか？

……理由は有瀬陽乃《ありせひの》だ。

実は先日から学校へちょくちょく忍び込むようになっていた。

今日は何も起こらなければいいけれど……そう思い、胃の辺りをちょっと押さえるのだった。

俺のクラスではやきそばの屋台を出すことになった。現在その屋台を製作中だ。

製作中といっても、既に骨組みまでは終わっており、そこから先が手をつけられない状況である。看板のデザインとかまだ決まっていなかったからだった。

今も教卓の周りに集まり話し合っている。

……ったく、作り始める前に決めておけばいいのに。

まぁ間に合わなかったら元も子もないので、骨組みだけでも作っておくのはいいのだが。

どうやらまだまだ話し合いが終わる気配はなさそうだ。

ふぅ、と机の上でため息を一つ。有瀬陽乃について考える。

平折の格好で学校に顔を出し、そしてどうやらちょっとした手伝いをしているようである。

手伝いといっても、文化祭実行委員の生徒たちが建てようとしているテント張りで端っこを押さえたり、のこぎりなどで木工している生徒が手を切った時にさりげなく絆創膏《ばんそうこう》を渡したり、紙を貼り合わそうとしているところへテープを持っていったりといった、本当に些細なものである。

だが平折は、今は大分と収まったとはいえ、変貌を遂《と》げた時にはわざわざ他のクラスからも一目見ようと人だかりを作ったほどの美少女だ。

そんな子が、文化祭準備期間中に色んなところでさりげなく手助けをしてくれる――なんていうかその、最近妙に平折の株が上がってたりするのだった。

もちろん平折本人は教室に籠《こ》もってせっせと針を動かしているはずだ。確信を持って言える。

だって平折はフィーリアさんなのだから。絶対、目的を完遂《かんすい》するまではふらふらしたりはしないだろう。

「『おねえちゃんが皆に愛されてほしい』だっけか」

ぽつり、独り言《ご》ちる。先日有瀬陽乃が零《こぼ》した言葉だ。ひどく心に残っている。

――父親に望まれ生まれていない。

平折自《みずか》ら教えてくれたことだ。そして有瀬陽乃も、それを知っている。

だからこそ、いつか有瀬陽乃の正体がバレないかとヒヤヒヤしつつも、俺は彼女の行動を強く止められないでいた。

「はぁ……うん？」

ふいに、窓の外に見慣れた人影が見えた。平折——いや、有瀬陽乃だ。

また今日も来ているらしい。だがそこは百歩譲って良しとしよう。

どうやら今日は、手ぶらの男子生徒と2人でどこかに移動しているようだった。……何か、嫌な予感がする。

そんな不安に突き動かされるような形で、話し合いが続く教室を出る。

隣の教室をちらりと覗けば、針をせっせと動かす平折の姿。

すると、有瀬陽乃たちが向かっていった先が、かつて平折が坂口健太に呼び出された場所だったことを思い出す。

「っ！」

気づけば俺は廊下を駆け出していた。

階段は3段飛ばしで全力疾走。

文化祭準備中で周囲が騒がしいとはいえ、俺のそんな姿はよく目立つ。奇異な視線が突き刺さる。だけど気になんてしていられない。

「くそ……っ！」

あれは有瀬陽乃であって平折じゃない。それはわかっている。

だけど感情はぐちゃぐちゃだった。

何と形容していいかわからない。

北側にある校舎裏。

文化祭準備の熱気の最中にあるにもかかわらず、人気《ひとけ》がなくうすら寂しい場所。そこで向かい合う1組の男女。

いつだったか、平折が坂口健太に呼び出された時と同じ構図に見え、頭が真っ白になった。

「ここにいたか平折、いやひぃちゃん。ほら、さっき言ってた買い出し、皆に遅れるぞ」

「き、きみはっ」

「すぅくん!?」

ぜぇぜぇと呼吸が整わないまま、2人の間へと平折、いや有瀬陽乃を背に庇《かば》うように割って入る。傍《はた》から見れば怪しげな奴だろう。現に有瀬陽乃も、そして一緒にいる男子生徒も目を見開き呆気《あっけ》にとられている。

だけど俺は冷静じゃなかった。余裕がないと言うべきか。

「行こう、今ならまだ追いつける」

「えっ、あっ、買い出しっ!?」

「ちょ、ちょっと待ってくれ」

「…………何か？」

「あのそのオレ、今吉田《よしだ》さんに……」

「ひぃちゃんと、何？」

「っ！　……いや、なんでもない」

「行こう」

「う、うんっ……」

強引に有瀬陽乃の手を引きその場を後にする。一刻も早くここから、彼から離れたかった。

──まるで平折が告白されているように思ったとか……っ！

幼稚な感情だとはわかっている。だけど平折が、俺の義妹が、誰かに言い寄られている──それを思うと、かつて坂口健太に感じた時と同じようなドロリとした感情が渦巻き、どうしても見過ごすことができなかった。

ぐんぐんと有瀬陽乃の手を引き進む。

行く場所なんて思い浮かばない。教室になんて戻れば平折と鉢合わせするかもしれない。

だから自然と足は校門へと向いていた。

今なら買い出しで校外に出る生徒も多い。不審に思われないだろう。

「え、外に出るの？」

「……買い出しだしな、ほら他にも外に出ている奴とかいるだろ？」

「ん〜、ま、これも文化祭準備ならではだしね」

そんなやり取りを経て、俺たちは駅前を目指した。

◇◇◇

やってきたのはアカツキハンズという店だった。

駅前にある5階建てのビルであり、家庭で扱う食器や調理器具、寝具や文具やインテリア用品だけでなく、衣類やファンシーグッズやバラエティグッズも売っている。さらにはプロが使用するような工具や各種資材なども置かれており、いわゆる市街地立地型のホームセンターである。

今回の文化祭準備でもここを利用する生徒が多い。

基本的にここで大抵のものが揃うからだ。俺もつい先日、屋台を製作する際に釘なり木材なりを買いに来ていた。

ちらりと周囲を見てみれば、ちらほら同じ制服姿も見える。ここなら制服のままでうろついていても不審に思われないだろう。

それに色んなものが置いてあるし、何の用がなくても見ていて楽しいものだ。

「うわぁ、なんか色々いっぱい！」

「あ、ちょっと待てって！」

着いて早々、有瀬陽乃はテンションが上がったのか中へと駆け出していき、今度は俺が引っ張られる番だった。

あちらこちらへときょろきょろと視線を彷徨《さまよ》わせ興味を示し、そしてある商品の売り場を目に捉《とら》えると振り返りにこりといい笑顔。

しかし俺の顔は引きつる。そして、人生最大の窮地《きゅうち》に陥《おちい》ってしまった。

「ねね、すぅくん！　こっちとこっち、どっちがいいかな？」

「なっ！　ちょっ、それ！」

「んー、じゃあ他に好きな色とかは？」

「……聞かれても困る」

有瀬陽乃が俺の目の前で掲げているのは、女性用下着の上下セットだった。

白くてリボンとフリルがあしらわれたものと、レースで少し透けた感じのする紫のもの。

そんなのを見せられてどちらがいいかと問われても、正直困る以外に、何と答えて良いかわからない。

はっきりいって目に毒以外の何ものでもなかった。

かといって横に目を逸らしたとしても、周りは同じような商品が並んでいる景色が広がっているだけである。

──勘弁してくれ。

有瀬陽乃が目をつけたのは女性用下着売り場だった。頬がかつてないほど熱くなっているのがわかる。

平折や弥詠子《やえこ》さんは同じ屋根の下で暮らす家族だ。しかし、血が繋がっていない他人でもある。だから洗濯物でもこうしたものは極力目に入れないように、最大限注意を払ってきた。

そういうこともあって、俺にはこれらに対しての免疫がなかった。

有瀬陽乃はさっきからニヤニヤしながら、ドギマギしている俺の反応を見て楽しんでいる。

完全に確信犯である。

「あはは、そんな顔しないでよ。せっかくのデートなんだしさ」

「デッ……っ!?」

直接的な物言いに、思わず動揺して間抜けな顔を晒《さら》す。

有瀬陽乃はそんな俺を見て、くすくすとおかしそうに笑う。

俺だって年頃の男子だ。そういったことに興味はある。だが残念なことに、今までデートなんてものには縁がない。

──平折や凛とのアレは、どちらかと言えば付き添いとか……だよな？

まぁ辛《かろ》うじて女子との交流はあるが、俺としてはそういう認識である。

「あれあれ、顔が赤いぞ?」

「うるさいな。こういう手合いのことは慣れてないって、前にも言っただろう?」

「もしかしてデートとかって初めて?」

「……どうでもいいだろう?」

「ふぅん……うっしっし、すぅくんの初めてデート、もらっちゃおう」

「……言ってろ」

「きゃんっ」

　ことさら機嫌が良くなった有瀬陽乃は、にししと見惚《みと》れるような笑顔を見せてくる。

　思わずドキリとしてしまった俺は、引かれた手が彼女と繋がれたままになっていたことに気づき、強引に振りほどく。

　がりがりと頭を掻き、大きくため息を一つ。降参の意味を込めて軽く両手を上げれば、有瀬陽乃は嬉しさを滲《にじ》ませはにかんだ。

　——不覚にも、平折によく似ているな、だなんて思ってしまった。

　だけどそれをどうしてか認めたくなくて、サッと目を逸らす。何だか胸が変にざわついてしまう。

「で、すぅくん的にどれが好み?」

「……勘弁してくれ」

だけどそんなことはお構いなしに揶揄《からか》ってきては俺を振り回す。

まったく、昔と変わらないな……そんなことを思いつつ、こうして有瀬陽乃――ひぃちゃんに引っ張り回される形でデートが始まった。


次に向かったのはアクセサリーコーナーである。

下着ほどではないが、これまた俺には縁のないところだ。頬が引きつるのを感じる。

しかし有瀬陽乃は、子供のようにはしゃいでいた。

「ね、このイヤリングどう?」

「似合うんじゃないか?」

「もー、さっきからそればっかり!」

「そう言われてもな……」

次々に色んなものを持ってきては試着する。感想を求められるが、俺にそんなことを期待されても困る。

それに、そもそも有瀬陽乃はモデルを務めるほどの美少女だ。

披露してくれたアクセサリーはどれも彼女の魅力を引き立てており、よく似合っている。

……そしてそれは、平折にもよく似合うっていうことが、変装した有瀬陽乃にわからされてしまった。

「うー、これ2800円かぁ……気に入ったし買っちゃおうかなぁ」

「それって金とか銀とかだろう？　デザインも凝っているし……貴金属なのに思った以上に値段はしないいんだな」

「んー、これはジュエリーじゃなくてアクセサリーだからね」

「……どういう意味だ？」

「ゴールドプレーティング、つまりメッキ」

「なるほど」

よくよく見れば店に置かれていた貴金属をあしらった商品も、高いものは高いのだが、目の前のコーナーでは3000円前後と高校生にも手が出しやすい価格帯だった。

多彩なデザインのものが揃っており、俺にも手が届く価格となれば少し興味も湧いてくる。

——平折は飾りけがないからな、派手なものより控えめな感じの方がいいか……逆に凛は華やかな感じだからそれに負けないようなのがいいな。

アクセサリーを眺めながら、そんなことを思う。

「……」

「ん？　ひぃちゃん？」

「ね、すぅくん、今度はあっち行こ？」

「あ、おい」

有瀬陽乃は気分屋なのか、つい先ほどまで熱心に見ていたにもかかわらず、次に興味が移った売り場へと引っ張られた。

次に連れてこられたのは、雑貨を取り扱う売り場だった。

猫の形を模した時計にログハウスの形をしたティッシュボックス、カンテラ型のフットライトなど、見ているだけでも楽しいインテリア用品が並べられている。

「わぁ、色々あるよ、すぅくん！」

良く言えば色とりどりで楽しげなところだが、一方で統一性もなく雑多な物が置かれており、何を目的にして見ていいのかがわからない。

しかし有瀬陽乃に——いや、女の子にとっては宝の山なのか、彼女は目を輝かせて売り場へと突撃していく。

……引っ張り回されるところは、依然《いぜん》として子供の頃と変わってないな。

店内をウロチョロとする後ろ姿を眺めながら、改めてそんなことを思ってしまう。

「さて、どうしたものか」

見ていて目に楽しい売り場ではあるのだが、特にこれといって欲しいものはない。早い話が手持ち無沙汰になってしまっていた。

とはいうものの、そのまま突っ立っているのも芸がない気がする。

有瀬陽乃に倣《なら》ってなんとなしに店を眺めていると、小物入れやシュシュ、卓上ミラーといった日用品も置かれていることに気付く。なるほど女性にとっての店だな、なんて改めて思ってしまう。

その中で一つ、気になるものがあった。

——髪留め……バレッタだっけ？

平折が勉強していたりゲームをしているときの姿を思い出す。

長い髪を邪魔にならないよう、まとめたりしていることが多い。

そんな時、こういったもので手軽にまとめたりすればいいんじゃないだろうか？

値段も1つ800円から1000円といったところだ。これが高いのかどうかはわからないが、買っても懐《ふところ》はそれほど痛むものじゃない。デザインもなかなか凝っているものも多い。

しかしな、と手に取りながら考える。

誕生日とか何か特別な記念日でもないのに、いきなりこんなものを渡して変に思われないだろうか？

「……」

だがそれも一瞬、先日のお詫びということにすれば意味深にならないんじゃないかと考える。

それならば、ということで、南條凛にも似合いそうなものを見繕《みつくろ》う。

思えば、彼女たちには普段からお世話になっているのだ。感謝の気持ちということで渡せば問題ないかなと自分を納得させ、あれでもないこれでもないと選びにかかった。

「2970円です」

「っ、ええっと、3000円からで……っ！」

そして精算の際は、変に緊張してしまった。

男が女性ものの商品を買うのを、変に思われなかっただろうか？　自分でも小心者だと思うが、初めてだし仕方ない。そのうち慣れることとかあるのだろうか？

「すぅくん、何か買ったの？」

「あぁ、これ」

「バレッタ？　え、ウソ、くれるの!?」

「嫌なら別に……」

「もらう！」

それは平折と南條凜の2人分を選んだところでふと、有瀬陽乃の分がないのもどうかと思って選んだものだった。星をあしらった落ち着いた雰囲気のものである。

有瀬陽乃は早速髪を、というかカツラを結い上げた。緩くアップにされた髪は先ほどまでと違った彼女の表情を見せ、嬉しそうに微笑む。1000円もしない安物のプレゼントだが、くるくる回りながら嬉しさを全身で表現してくれている。

思わず、ほぅとため息が漏れてしまった。

髪型一つで印象を変えてしまう、女の子って本当に凄いと思う。

「うぅむ、初デートでプレゼントとか、すぅくんはなかなかに女タ——」

「…………ぁ」

「あれ、吉田さんが2人!?」

「ど、どういうこと!?」

「……昴、これはどういうことなのかしら?」

「っ!? 平折、それに凜も……」

その時、声をかけられた。平折と凜を含む数人の女子グループだ。

今度はハッと息を呑む。迂闊《うかつ》だった。

彼女たちは目を見開き動揺している。

まるで幽霊かなにか信じられないものに遭遇したかのように、しきりに平折と有瀬陽乃を交互に見ては驚きを深めていく。

そして平折は唇を尖《とが》らせ、南條凜は柳眉《りゅうび》を逆立てジト目で詰め寄ってくる。

「……昴さん?」

「昴?」

「あーいやその、これは、だな……」

　２人の剣幕にたじろげば、そこへ有瀬陽乃が割って入ってくる。にこやかな笑みを浮かべ、皆に向かってぺこりと頭を下げた。

「初めまして、おねえちゃんがいつもお世話になっています。い、いもうと、の、ひ、ひのです！」

「「「いもうとっ!?」」」

　不意になされたその自己紹介に、周囲は騒《ざわ》めきだし有瀬陽乃へと殺到した。

　そして有瀬陽乃は、こちらに向かって任せてと言わんばかりの笑顔を見せ、彼女たちに向き直る。にこにこと状況を説明していく。

「はい、い、い、いもうとです！　あ、学年は一つ下になります！」

「おねえちゃん……って、妹!?　吉田さんの!?　妹さんいたんだ!?」

「うそ、双子じゃないの!?　そっくり！」

「え、なんでその子が倉井《くらい》君と!?」

「あはは、すぅくんとは……いや、倉井先輩かな？　小さい頃によく遊んでたんですよ〜」

　きゃーっ！　と、耳をつんざくような黄色い声が上がった。そしてすぐさま俺と平折も彼女たちに取り囲まれる。

　その横で南條凜は、小難かしい顔で額《ひたい》に手を当てていた。

「すぅくん!?　え、どういうこと？　倉井君と吉田さんも幼馴染みになるの!?」

「いやえっと、それはだな、一応、まぁそうなるというか……」

「吉田さんとこれまで交流とかなかったし、全然聞いてなかった、ていうか、もしかしてそういうこと!?」

「あ、わかった！　だから倉井ってば、あの時の事件起こしたんだ！」

「ま、待ってください！　すぅくんが事件を起こしたって、そこのところくわしく！」

「ふぇ!?　あのえっと、その、あぅぅ……」

彼女たちの質問攻めに有瀬陽乃も加わり、もみくちゃにされる。平折もすっかり目を回している。

少しだけ、平折がいつも情けない声を上げる理由がわかってしまった。こいつら色々と容赦がない！

しかし、いつまでもこのままでは収拾がつかない。

助けを求めるように南條凜に目をやれば、はぁ、と呆れたようにため息を一つ。

そして俺に向かって片目を瞑《つぶ》り、騒ぐ彼女たちの間へと入ってく。

「平折ちゃんの妹で陽乃さん、でしたっけ。ちょっといいかしら?」

「はい、ひのです！　なんでしょう?」

その言葉で皆の意識が南條凜と有瀬陽乃へと向く。一瞬、喧騒がやむ。

先ほど有耶無耶《うやむや》にされた話題だ。そちらの方にも興味が向かないわけがない。

南條凜はどこか怪訝《けげん》そうな表情をしていた。

状況に流されてしまったが、有瀬陽乃の行動には不可解なところがある。俺も彼女たちと一緒になって耳をそばだてる。

「その制服、うちのだけど……どういうことかしら？」

その質問によって、再びにわかに騒めきだす。

「そういや今まで見たことないよね」

「1年で吉田さんそっくりの子がいたら絶対噂になってるって」

「どういうこと？　もしかして姉同様今までモサかった!?」

もっともな指摘に首を上下する。平折そっくりの美少女が2人もいれば話題にならないはずがない。

有瀬陽乃は彼女たちの疑念の視線を受け、しかしその質問こそ待っていましたとばかりにパン、と軽く手を叩き笑顔を見せる。

「今度こちらの学校に転校してこようと思っていまして、この制服どうですか？　似合ってるかな、おねえちゃん？」

「ふぇっ!?」

「てわけで、これからもちょくちょく顔を出すと思いますので、おねえちゃんともどもよろしくお願いしますね！」

「「「っ!?」」」

そして平折に抱き着き仲良しアピール。

周囲からワッと歓声があがった。


結局その後、買い出しに来た平折たちと一緒に学校に戻ることになった。

もちろんその中心にいるのは平折と有瀬陽乃である。

有瀬陽乃は事情があって離れていたけれど、姉と再会できて嬉しい妹——そんなストーリーを作り上げていた。

それに有瀬陽乃が語った内容は嘘ではないし、これだけ似ている姿を見せられたら姉妹と疑う者もいないだろう。

当然ながら、学校に向かうにつれて行き合った生徒の視線が2人に集まる。必然、平折と有瀬陽乃についての噂する姿もチラホラ見える。

だけど、クラスメイトたちがあれやこれやと話しかけて騒いでいるおかげなのか、驚きや好奇の視線を向けられても、悪意とかそういったものは感じ取れない。

既成事実、そんな言葉が脳裏を過《よ》ぎった。

現に平折のクラスメイトたちも、妹のひのかを好意的に受け入れている。

……思うところがないでもない。

だが有瀬陽乃が平折と仲良くしたいというのは本音なのだろう。

やれやれと息を吐き出し、皆と離れ隣を歩く南條凜に視線を向ければ、ぷいっと顔を背《そむ》けて、不満そうな声を零《こぼ》す。

「で、いつのまにあの子をナンパしたの？」

「……は？　いや待て、どうしてそうなる!?」

「そういえば連絡先とか交換してたもんね。そりゃあ相手はあの有瀬陽乃だし？　男子としては是非お近づきになりたい相手だよねー」

「だから待てって、色々誤解してる！　ひぃちゃんはその、今日たまたま学校で見かけてっ」

「ハンズに連れ出した、ってことですね？」

「へ〜〜〜〜」

「っ!?　ひ、平折……っ」

いつの間にか平折もこちらにやってきて、そして南條凜と一緒にジト目で俺を睨《にら》む。思わず後ずさるも、すぐさま距離を詰められた。

視線を彷徨《さまよ》わせて有瀬陽乃を見てみるも、平折や南條凜のクラスメイトたちと話が盛り上がっている。

「……また見ているし」

「……見ていますね」

「い、いやその……っ」

ここで有瀬陽乃を見たのがマズかったのか、平折も南條凜が不満を隠そうともしない。

ふと、鞄の中に2人に渡そうと思っていたものがあることを思い出し、慌てて取り出した。

「……これは？」

「…………え？」

「ええっと、これを選ぶのを手伝ってもらっていたというか……ほら、2人にはいつも世話になってるだろ？　お礼の気持ちというか、ゲームとか勉強とかだと髪が邪魔になるかなと思って、その……」

ちょっと言い訳がましくなった自覚はある。それに、平折も南條凜も驚き戸惑っている。

だがチャンスとばかりに、それぞれの手に先ほど買ったバレッタを押しつけた。

平折に渡したのは、月をモチーフにした少し神秘的な感じのものだ。

南條凜に渡したのは、太陽をモチーフにした華やかなものである。

――太陽と月の姫、だっけか。

康寅が以前そう称していたのを思い出し選んだものだ。俺もその通りだと思う。

色んな変化した姿を見せる平折は、モサくて暗かった時も含めて月のように神秘的だと思うし、周りを明るく照らし存在感のある南條凜はまさに太陽って言葉がぴったりだ。

しかし突然のことで驚いたのか、平折と南條凜は目をぱちくりとさせながらジッとバレッタを見つめるばかり。どう反応していいのかわからないといった様子だ。

……やはり、脈絡もなくいきなり過ぎただろうか？

「あーその、いらないいなら別に──」

「……ったく、今回は誤魔化されてあげるわ」

「……ふふっ、しょうがないので許してあげます」

「──そうか」

そして平折と南條凜は互いに困った顔を見合わせくすりと笑いを零す。

俺はそれを見て、ホッと胸を撫で下ろすのだった。

◇◇◇

いよいよ文化祭を翌日に控え、準備は大詰めを迎えていた。

文化祭本番を前に、ラストスパートとばかりに学校全体が騒がしい。

俺のクラスは現在、グラウンドでせっせと当日に使う屋台の仕上げをしていた。周囲も似たような様子で屋台作りに励んでいる。

デザインに難航したものの、一度決まればそこからの動きは速かった。出来上がった看板を取りつければおしまいだ。

もっともこの後、焼きそばを焼くための鉄板の取りつけや食材の搬入があるが、俺の出番はここまでなのでホッと一息つく。

「わ、屋台が出来上がってる！」

「……ひぃちゃん。骨組みは元々出来てて、昨日までは看板やら飾りとか作ってたんだよ」

「あーなるほどなるほど。後は組み立てるだけだったと」

「そういうこと」

そこへ有瀬陽乃がやってきた。いつもと同じく平折の格好だ。といっても、少しばかり髪というかカツラを編み込んだ形に結い上げて、一目で平折と見分けがつきやすくしている。

そして彼女の姿を見つけたうちのクラスの女子たちがきゃいきゃい言いながら近寄ってきた。

「あ、妹ちゃんだ！」

「もしかして今手が空いてる？」

「麺を取りに行くんだけど、一緒に行かない？」

「あ、行きまーす！　てわけですぅくん、そういうことだから！」

「……あぁ」

有瀬陽乃はあれから平折の妹として、積極的に各所に顔を出すようになっていた。

平折と違い、人見知りせずぐいぐいと皆の手伝いをすることもあって、その存在はあっという間に広く周知された。今だってうちのクラスの女子たちと楽しそうに文化祭の話で盛り上がっている。

俺としては、いつ人気モデル有瀬陽乃とバレるか冷や冷やものなのだが、平折の妹というフィルターが上手《うま》く働いてくれているらしい。

……まったく何考えているんだか。

食材調達のため女子たちと一緒に校外に出ていく後ろ姿を見て、ため息をついた。

ちらりと校舎を見る。色んな所から喧騒が溢《あふ》れ、熱気に包まれている。

平折のクラスはと見てみれば、窓からカボチャやコウモリ、黒猫といったオレンジ色と黒色のモチーフで、ハロウィンらしく飾りつけをしている最中のようだ。どうやらあちらも、ラストスパートのようである。

顔を出すと邪魔になってしまうか……でも、当日が楽しみだな。

この祭りの前の独特の熱気はわくわくする。

その空気をもっと味わおうと校舎の方へと足を向けた――その時だった。

「倉井君？」

ふいに昇降口で声をかけられる。坂口健太だった。

どうやら偶然出会った感じだ。最近は顔を会わせていなかった。向こうも準備に忙しいのだろう。坂口健太は一度大きく見開いた目を、スッと細める。

「坂口か……どうだ、女装キャバクラの方は――」

「彼女、うちのクラスにもちょくちょく顔を出しているよ」

「――そうか」

誰のことかは一発でわかった。そして軽口を続けられそうな雰囲気ではない。

それだけ、坂口健太の目は真剣な色を帯びている。

「……少し、話をしないかい？」

「…………あぁ」

俺は彼の気迫に呑み込まれまいと、目に力を入れて頷いた。


坂口健太に連れてこられたのは、いつぞや平折と2人で話をしていた校舎裏だった。先日、平折に扮《ふん》した有瀬陽乃が男子生徒に連れてこられた場所でもある。

明らかに他の誰かに聞かれたくない話をする場所だ。

「……」

「……」

そこで俺たちはしばしの間、無言で見つめ合う。気まずい空気が流れる。相手の表情からは感情が上手く読み取れない。

しかし互いに何の話をしたいのかはわかっていた。

だが、どうやって切り出したものかと探り合っている。だが、この場に誘い出したのは坂口健太の方だ。やがて彼はゆっくりと大きなため息にも似た深呼吸をして、口を開く。

「彼女さん、吉田さんによく似ているね」

「あぁ、一応は姉妹だってことだからな」

「僕のクラスでもあっという間に人気になったよ。狙っている男子も多いけど……そのなんていうか……あしらうのも上手いね」

「そりゃ、そういうの慣れているだろうからな」

「でも、吉田さんとは違う」

「……当たり前だろ？」

いまひとつ坂口健太の言葉の意図がわからない。

眉をひそめてしまうが、俺を見つめるその視線は、こちらを射貫《いぬ》くかのように鋭く細められている。

「倉井君は吉田さんのことを、どう思ってるんだい？」

「どうって……この間も答えただろ？　見ていられないやつだって」

「聞き方を変えるよ。倉井君は異性として、吉田さんのことをどう思っているんだい？」

「それ、は……」

言葉に詰まってしまった。思わず目も逸らしてしまう。

平折は……義妹《いもうと》だ。同じ屋根の下で暮らす家族だ。

だから異性とかそういう存在でなく――あぁ、くそっ！

「…………」

「……わかんねぇよ」

何とか絞り出したのは、そんな言葉だった。……そう答えるしかなかった。

事実、俺自身も平折をどういう風に扱っていいのかわからない時がある。

坂口健太はそんな俺を、困ったような、それでいて諭《さと》すような顔を向けてくる。

「吉田さんはさ、とても魅力的な人だと思うよ」

「そりゃあ、周りもあれだけ騒いでいたしな」

「見た目もね。だけど今はその話じゃない」

「――何が言いたい？」

「わからないかい？　……そうだね、敢《あ》えて言うなら警告、かな？」

「警告？」

今までどこか余裕があった、飄々《ひょうひょう》とさえしていた坂口健太の纏《まと》う空気が変わる。

「吉田さんの魅力はその容姿だけじゃない。それは彼女……妹さんの登場で、より鮮明に浮き彫りになったと思う。誰かの悪口は言わず、性格も真面目。いつも一生懸命に頑張っていて、話すのは苦手だけどいつも真摯《しんし》に言葉を返し、気が弱そうに見えて親友をバカにされたら言い返す芯の強さも持っている――平手打ちの後あたふたしてたのはご愛嬌だけどね」

「それは……」

それは見た目の部分じゃない、平折の姿だった。俺が凄いなと触発された――自分だけが知っていると思っていた部分だった。

坂口健太の口からそれを告げられたことによって、ひどく動揺してしまう。何だか胸に嫌なものが広がっていくのを感じる。

目の前ですました顔で、俺を試そうとしているかのような坂口健太が気に入らない。

「これから彼女に好意を寄せ、想いを告げる人は増えてくるよ」

「……っ！」

ガツン、と頭を殴られたような衝撃が走る。そんなことは、と言いかけてすぐさま否定する。

先日平折と間違われた有瀬陽乃が、告白されそうになったところを見たばかりだ。

胸が変な感じにざわつきだす。そして自分の手を随分強く握りしめていることに気づく。絞り出した声は、とても低くなっている自覚があった。

「……かもな」

「倉井君、君はどうするんだい？」

「……知るかよ」

わざわざ言われなくても、頭の隅にはあったことだ。だけど、そういった色恋沙汰とは遠いところにあるとも思っていた。

かつて南條凜にも同じ警告を受けていたし、目の前の坂口健太とは噂になったこともある。

ただ実際、本人の口からそれを語られると――警告というより、宣戦布告じみているな、だなんて思ってしまう。それだけ、真剣な目で俺を見ていた。

「倉井君は吉田さんと、ちゃんと向き合ったほうがいい」

去り際《ぎわ》、坂口健太が言い放った言葉が胸に突き刺さる。

俺はその場に縫いつけられ、立ち尽くしていた。

遠くから聞こえる文化祭準備の喧騒が、どこか他人事《ひとごと》のように聞こえる。浮き立った熱気も妙に空々しい。

文化祭は特別だ。その特別な空気と熱に浮かされて、普段はしない勇み足をしでかす者もいることだろう。

……だからって、どうすりゃいいんだよ。

平折がモテるだなんて、言われなくてもわかっている。

だけど俺がそのことについて、どうこう言えるような立場でもない。

それに平折には様々な問題が横たわっている。男性恐怖症だってそうだ。

考えても考えても――

「わかんないんだよ……」

思わず弱気な声が零れ落ちる。

「何がわからないのよ」

「っ！　凜……」

南條凜が、俺の独り言を拾い上げるように話しかけてきた。

どこか呆れたような顔を見るに、先ほどの会話を聞かれていたらしい。そしてバカバカしいと言いたげな表情をつくっては、えいっとばかりに俺の鼻を摘《つ》まんできた。

「っ！　何すんだよっ！」

「下らないことで悩んでいるからよ」

「下らないって――」

「これから先さ、昴が平折ちゃんとどうなりたいかって、ただそのことを考えればいいだけでしょ」

「……それができれば苦労しない」

「でもあんたは考える」

「……凜？」

「昴はちゃんと考えて、その答えを出せるやつだって知ってるから。あたしが保証する」

「……そうか。ははっ、凜に保証されたら仕方がないな」

「ふふっ、でしょ？」

そう言って南條凜は、見惚《みと》れるような笑みを浮かべる。

その顔で言い切られれば、なんだか心が少しだけ晴れやかになったような気がする。

あぁ、やはり太陽みたいな女の子だ。

こういうところがあるから、彼女には敵《かな》わないなと思ってしまう。

「そうだな……もっとよく考えてみるよ。ありがとな、凜」

「ふふっ、どういたしまして。ちょっとはマシな顔になったわね」

「おかげさまでな」

満足げに微笑んだ南條凜はくるりと身を翻《ひるがえ》し、ついでとばかりにぽつりと言葉を漏らす。

「その未来に、あたしがいることも考えてくれると嬉しいな」

「凜……あ、ちょっ！」

そしてあっという間に駆け出していってしまった。

残された言葉が、先ほどまでとは違った意味で胸をざわつかせる。

いつもとは違う文化祭が、始まろうとしていた。

# 7時間目 Play Time. ミスコン

文化祭当日。

この日の校内は非日常に彩られ、文字通り朝からお祭り騒ぎの様相を呈していた。

「おい、2年のアレ、行ったか？」

「コスプレ喫茶だろ、凄いみたいだな」

「衣装のクオリティも凄いのよ！」

「ああいうのって、一度は着てみたいよね〜」

その中でも平折《ひおり》や凜《りん》のクラスのハロウィンコスプレ喫茶は、男女共に大きな噂の的《まと》になっていた。

まぁそれも当然か。

校内屈指の美少女たちが、普段は見られないような衣装で着飾って給仕してくれるのだ。

しかも喫茶店という出し物の性質上、間近で見られるだけじゃなく客としてもてなしてくれるという。人気が出ないはずがない。

事実、隣のクラスには文化祭が始まった直後から長蛇の列ができており、康寅《やすとら》は自分の狙いが当たったと喜ぶと共に、「あれ、もしかしてコスプレの女の子をじっくり眺めてる暇《ひま》がない!?」と愕然《がくぜん》とした顔を晒《さら》していた。いつもの康寅だった。

ちなみに俺はといえば、朝からグラウンドでひたすら焼きそばとお好み焼きをせっせと焼き続けている。

「焼きそば大盛り2つ追加。都合6！」

「お好み焼きは4枚追加！　これでストックはなし！」

「どっちも作り置きは全部なくなった！　どんどん焼いてくれ！」

「調理班、お好み焼きのタネと焼きそばの具が尽きかけてる！　誰か追加を買ってきてくれ！」

俺の担当している調理班も文化祭開始早々、戦場のような忙しさが展開されていた。

確かに、同じ学内の生徒は平折や凜のクラスに流れている。

しかしうちの学校の文化祭は外部にも広く開かれており、近隣に住む住民たちやここを受験しようとする中学生たち、出会いを求める他校の生徒たちが、大挙して押し寄せてきていた。

うちのクラスは学校の顔とも言える校門付近に出店していることもあり、予想外の客の入りにてんてこ舞いになっていた。

「これ、確実に明日の分の材料ないぞ！」

「やっぱ土曜より日曜の方が、人多いかな？」

「誰か午後からのシフトの奴に頼んで、今のうちに食材買ってきてもらえ！」

客足は一向に途絶える様子はなく、むしろ昼が近づくにつれて、その忙しさに拍車をかけていく。

俺のシフトは正午までだったのだが、この忙しさの中ではとてもじゃないが時間通りに上がらせてくれなんて言えるはずもなく、結局50分ほどオーバーしてから解放されたのだった。

「すまん倉井《くらい》、時間過ぎてしまって！」

「この客の入りじゃ仕方ないさ」

申し訳なさげに言うクラスメイトに断りを入れ、自分で作った焼きそばを1つもらってその場を後にする。

せっかくなので他の屋台のものを食べたかったのだが、近隣のウチ以外の屋台も、目を背《そむ》けたくなるほどの人の列ができていた。

——ま、自分で作ったモノの味がどんな具合かわからないっていうのもな。

そんなことを思い、焼きそばを食べながらグラウンドをうろついていると、最近聞き慣れつつある声が耳に入る。

「あはは、ええとその、そういうの間に合ってますんで……」

「そんなこと言わずにさぁ、キミこの学校の子でしょ？　案内してよ」

「せっかくのお祭りなんだから、大勢の方が楽しいって」

「あ、オレら西校～。友達も来るなら、その子も一緒に遊ぼうよ」

……いつもと同じく平折っぽい格好をした有瀬陽乃《ありせひの》がナンパされていた。相手は私服姿だが、どうやら他校の生徒のようだ。

思わず大きなため息をついて額《ひたい》に手を当てる。同時に、なんだか胸にムカムカしたものが溢《あふ》れてくる。有瀬陽乃が平折と似た姿をしているのも原因の一つだろう。

彼らに割って入る声は低く、苛立《いらだ》ちも滲《にじ》んでいた。

「ひぃちゃん、ここにいたのか！」

「す、すぅくん！」

有瀬陽乃は俺を見つけるや否《いな》や、傍《そば》に駆け寄り腕を取る。

一瞬ドキリとして眉を顰《ひそ》めてしまうが、それもこの場面では効果的だった。

「あ、なんだよ彼氏いるんじゃん」

「……まぁあのレベルの子なら当然か」

「ほら、次行こうぜ、次」

彼らはそんなことを言いながら、あっさりと身を引きどこかへ去っていく。

……まぁ出会いを求めてのつもりなら、ここで食い下がりなどしないだろう。

俺は隣ではぁっと安堵《あんど》の息をつく有瀬陽乃に、ジト目を向けた。

「何やってんだよ……」

「あはは、でも助かったよすぅくん。あの人たち断っても断ってもしつこくてさぁ、あ！　やっぱりさっきの私たちってカップルに見えたのかな？　かな？」

「……言ってろ、そして離れてくれ」

「えー？　って、待ってよー、どこ行くのー？」

半ば呆れ気味に彼女を引っぺがし、平折の教室へと足を向ける。

有瀬陽乃は文句と批難の声を上げながら、とてとてと背中を追いかけてきた。


平折の教室の前は、客でごった返していた。

「「「ありがとうございました～っ！」」」

そして着物袴《はかま》にゴスロリ、魔女やメイドや巫女《みこ》にシスター、様々な衣装に身を包んだ華やかな女子生徒たちが、教室から出る客に対して総出で頭を下げている。

どうやらあまりの人の多さによって、喫茶店にもかかわらず映画館のように、時間による総入れ替え制を実施しているようだ。

普段見ることのない衣装の彼女たちは非常に人目を引き、足を止め見入る者も多い。ますます客が増えそうだ。

「おい、あれって……」

「2年の南條《なんじょう》と例の……うわ、レベルたっか！」

「あのクラスは卑怯《ひきょう》よ！　お客として早く入りたい！」

「衣装手作り!?　そっちもレベル高いし着てみたい！」

その中でも、特に目立つ少女が２人。

肩口がざっくり開いた小袖《こそで》のミニスカ袴姿に狐の耳と尻尾をあわせた平折に、黒を基調としてところどころに紅《くれない》をあしらったゴスロリドレスに身を包んだ南條凜だ。

２人の容姿もさることながら、平折の小柄ゆえにぴょこぴょこ動く耳と尻尾も愛らしいし、普段きりりとした印象のある凜が、フリルやレースつきの甘々なドレスを着ていることのギャップが、見る者のため息を誘発している。そんな２人に対する熱い視線や口に上る話題も多い。

「おねえちゃんって、やっぱりモテるよね」

「……そうだな」

それは、有瀬陽乃の独り言だった。視線は平折に向いている。

男女を問わずクラスメイトや客に声をかけられ、たどたどしくも一生懸命接客をしている姿は、庇護欲《ひごよく》を誘うと共に応援もしたくなる不思議な魅力があった。

客足は一向に減る気配はない。

今はまだ客はうちの生徒ばかりだが、これから口コミで広がっていけば、外部の客も増えてくるだろう。それにリピーターも多そうだ。

邪魔にならないうちに立ち去るか――そう思っていた時のことだった。

「おねえちゃん！」

「お、おいっ⁉」

「陽乃さんっ⁉」

突如、有瀬陽乃が客の入れ替え整理をしていた平折の前に躍《おど》り出た。

わざわざご丁寧《ていねい》に、いつもなら見分けがつくよう結わえていた髪も下ろし、平折そっくりモードである。周囲から一瞬、言葉を奪う。

「……え、うそ、誰あの子、吉田《よしだ》さんにそっくりなんだけど⁉」

「え、何がどうなって……」

「……おねえちゃんって言ってるけど、あれが一部で噂の妹さん⁉」

当然ながら先ほど以上に騒然としてしまう。

様々なうわさが飛び交い、そして一気に駆け巡り更なる注目を集める。まさに今この瞬間、この文化祭の中心はこの場所だった。

どういうつもりかと有瀬陽乃を睨《にら》むように視線を移せば、ニヤリととてもいい笑顔を返される。まるで悪戯《いたずら》を思いついたかのような無邪気なその笑顔で、とんでもない爆弾を落とした。

「あ、私今度ここに転校してこようと思うんですけど、おねえちゃんとは色々あって苗字が違うんです――有瀬陽乃、といいます♪」

そして、ひぃちゃんはカツラを取って、有瀬陽乃としての正体を現した。

「「「きゃぁあああぁあぁあぁぁあぁあぁぁあっ！！！？？？」」」

そして周囲は阿鼻叫喚《あびきょうかん》とも言える、悲鳴にも似た歓声に包まれる。

特に平折のクラスの子たちの騒ぎ具合がすごい。もはや騒然というには生ぬるい、混沌《こんとん》とした様子になっていた。

「え、うそ、本物!?」

「ちょ、ちょちょちょ、吉田さんと姉妹ってどういうこと!?」

「さっき2人とも双子のようにそっくりだったし……ぇえっ!?」

「待って、待って待って、うちとかのクラスでもちょくちょく手伝いとかしてたよね!?」

コスプレした女子生徒たちが真っ先に平折と有瀬陽乃を取り囲む。本来ならこういう時、彼女たちは真っ先に平折を守るべき立場なのかもしれない。

しかし今まで一緒に給仕していたクラスメイトの妹が、人気モデルだというのだ。冷静になれという方が難しい。

色んな意味でテンションが振り切れた彼女たちには遠慮というものがなく、また周囲の皆の代弁者でもあった。

「うそ、陽乃ちゃんの肌きめ細かい！　手入れとかどうやってんの!?」

「吉田さんの方が背はちょっと低いのね！」

「一緒に暮らしてるの？　それとも別なの!?」

「あうぅ、その……」

「ちょ、いや、何て言いますか……」

それは袋のねずみ、四面楚歌《しめんそか》、八方ふさがりという言葉の意味が、よく理解できそうな囲い込みだった。とめどなく浴びせられる質問に加え、ぺたぺたとはばかることなく身体中をまさぐられたりもしている。

こういう騒ぎには慣れているはずの有瀬陽乃でさえ、彼女たちのあまりの興奮具合に腰が引けてしまっていた。平折なんて目を回して今にも倒れそうだ。

「ちょっと皆、落ち着いて！　平折ちゃんも陽乃さんも困って……あぁ、もう！　話を聞いて！」

唯一、南條凜だけは正気を保っているようだった。孤軍奮闘、必死になって周囲を落ち着かせようと声を上げているが、まさしく焼け石に水。

それだけ有瀬陽乃という存在、そして平折と姉妹だという発言は、彼女らの興奮を燃え盛らせるのに十分な燃料なのだろう。

「うぅ、どうしよ……ぁ」

「ふぇ？」

「――っ！」

こんなことは想定外、そう言いたげな有瀬陽乃が助けを求めるかのように俺の方を見て――

そして、釣られて視線を向けた平折と目が合った。俺がこの場にいたことが意外だったのか、一瞬驚いた顔をするものの、すぐさまにっこりと微笑んだ。

『大丈夫ですよ』

そんな言葉が伝わってきそうな微笑みだった。瞳にはいつものの、強い意志を感じさせる光が灯《とも》っている。

平折は『よし』、とばかりに胸の前で拳を握って小さく息を吸い込み――

「平折、こっちだ！」

「――ふぇっ⁉」

――それを見た俺は、平折に手を伸ばして駆け出していた。

きっとあのまま放っておいても、平折なら何とかしたかもしれない。

だけど、俺が動かないと、と思ってしまった。ここで何もせず傍観者のままだと、どうしてかこれから平折の隣に立つ資格を失ってしまう――そんな気がしてしまったのだ。

突如大声で彼女たちに割って入る俺に、平折だけじゃなく周囲も呆気《あっけ》に取られて、皆の意識に空白の時間ができる。

驚く平折は伸ばされた俺の手と顔を交互に見つめ、一瞬逡巡するも、「はいっ！」と大きく返事をして手を取った。その時のことだ。

「うそだろ⁉　アレを見てみろよ、なんだよ一体⁉」

康寅が、あらぬ方向を指差して騒ぎ始めた。

「祖堅《そけん》、いきなりどうした!?」

「え、何!?　今度はどうしたの!?」

「何もないけど……え、何かあるの!?」

「ばっか、よく見てみろって、アレだよアレ！」

「康寅……っ!?」

どうしたことかと康寅を見ると、ニカッと白い歯を見せるだけ。

——アイツ……っ！

どうやら事情を察した康寅が、助け船を出してくれたみたいだ。親友の作ってくれたこのチャンスを逃すことはできない。

「凜とひぃちゃんはそっち！」

「っ！　えぇ、わかったわ！」

「え、あ、うん！」

「うぉおおぉおおぉ、アレはなんだ!?　マジでどうなってるんだ!?」

「おい、祖堅！　どれだよ!?」

「何がどうなってんの!?」

困惑し、騒然とする周囲をよそに、俺は平折の手を引っ張って走り出す。

康寅の意図が伝わったのか、少し遅れて南條凜も有瀬陽乃の手を引きその場を離れる。

上手《うま》くこの場を抜け出せたのは、康寅の機転のおかげだった。

◇◇◇

その後、俺たちは連絡を取り合い職員室で落ち合った。

着物ミニスカ袴の平折にゴスロリ姿の南條凜、そしてうちの制服を着たモデルの有瀬陽乃の登場に教師たちもビックリしているが、凜がかいつまんで事情を説明してくれたので特に何も言ってはこない。

もっとも、チラチラとこちらの方に興味津々といった視線を投げかけてはいる。教師といえど人の子なのだということがよくわかる。

「悪《わり》ぃ、助かったよ康寅」

「へへっ、いいってことよ」

「よく集団パニックにならなかったわね、あれ」

「あはは、さすがに予想外の騒ぎだったかなぁ？」

「す、凄かった、です……」

今もまだ、上へ下への大騒ぎになっている廊下をよそに、何とかひと息つける。

さすがに職員室という場所柄、もし見つかったとしても集団で突撃されることはないだろう。

だけど、いつまでもここに引きこもっているわけにもいかない。

さて、どうしたものか。

「それよりオレさ、この状況がよくわかってないんだけど……？」

「……あ」

困った顔を浮かべながら康寅が、申し訳なさそうに切り出した。

そこで初めて、俺たちは康寅に何も話していないことに気がつく。

――康寅は何も聞かずに助けてくれたのか。

そんな親友に対し、罪悪感にも似た気持ちが湧いてくる。これ以上、何も話さないというのは不義理になるだろう。それに何か打開策があれば意見も欲しいし、手伝ってもほしい。

確認するかのように皆の顔を見渡せば、うんとばかりに頷《うなず》いてくれた。

「平折とひぃちゃん――有瀬陽乃が姉妹だっていうのは本当だ。ただ、これには非常にややこしい事情があって、２人の母親はそれぞれ別人だ」

「うぇっ、マジかよ!?　いきなりハードな展開だな!?」

「あたしとしてはどうしてあの場面でカミングアウトしたのかって方が気になるけれどね」

「あ、あはは……」

そう言って、南條凜はジト目で有瀬陽乃を睨《にら》みつける。さすがに有瀬陽乃はバツが悪そうな顔をして愛想笑いを浮かべるが、南條凜の疑問は俺たちも気になっていたところだ。

そんな笑みを浮かべていた有瀬陽乃は、諦《あきら》めたかのようなため息をついておもむろに言葉を紡ぎだす。

「その、私とお姉ちゃんのことを知ってほしくて……最初にガツンと全部やっちゃった方が、その後も色々騒がれないいんじゃないかと思って……」

「やるにしても！　まったく、でもそれは確かに一理あるけれど……」

「どうすんだよ、ひぃちゃん。あれはもう暴動寸前だったぞ」

「あ、あはは……さすがにあそこまでとは私も……」

「……あぅ」

どうやら有瀬陽乃は、何かと事情はあるけれど、もっと平折と大っぴらに仲良くなりたいらしい。それでまずは周囲を巻き込んでという目論見《もくろみ》だったようだが……計算を読み間違えたとしたら、自身の人気の高さを甘く見ていたことと平折と姉妹ということが、あまりに周囲に対して衝撃的過ぎたことだろうか？

もし今、平折と有瀬陽乃がのこのこと外に出ていったとしたら、完全な無秩序状態になるのは目に見えている。狼の大群に羊を解き放つようなものだ。

ある程度こういう騒ぎに慣れている南條凜と有瀬陽乃でさえお手上げ状態なのか、文字通り軽く両手を上げて神妙な顔で首を振っている。俺と平折も顔を見合わせ困り果てるしかない。

「なぁ、ならいっそ、もっと盛り上げたらどうだ？」

「「「っ!?」」」

しかしその時康寅が、キョトンとした不思議そうな顔でそんなことを言った。

俺たちもその発言に、どういうことだとキョトンとした顔で返してしまう。

「康寅、どういうことだ？」

「いやさ、こないだの陽乃ちゃんのサイン会行った時も凄い人の数だったけど、ちゃんと秩序立って捌《さば》けてたじゃん？　さっきのは皆、どうしていいかわからず暴走してって感じだからさ、そういうイベントにしちまえばいいんじゃないかなーって」

「っ！　それよ！　ナイスアイディアだわ、祖堅君！」

「なるほどね、私も街中で見つかったら必要以上に騒がれることがあるけど、それ以上に人が多いイベントじゃしっかりとできてたわけだし」

康寅の提案に南條凛も有瀬陽乃も、これは名案とばかりに膝《ひざ》を打つ。

解決の方向性としては間違っていないのだろう。

だけど、疑問もあった。

「あ、あの……具体的にはどんなイベントをするんですか？」

その疑問を、おずおずと平折が遠慮がちに口にする。

うっ、と口ごもる南條凛と有瀬陽乃とは対照的に、康寅は我が意を得たりとばかりにドヤ顔で胸を叩く。

「決まってらぁ、これほどの美少女が揃ってるんだ、ミスコンだよミスコン！」

それは半ば、康寅の願望も混じった魂の叫びだった。

しかし同時に、なるほどと納得させられてしまう妙な説得力もある。

問題があるとすれば——

「康寅、うちの文化祭にミスコンなんてあったっけ？」

「ねぇよ。だから今から企画して作るんだよ！」

「は、はぁ!?　祖堅君、何を——」

「任せとけって！」

そう言って康寅は、自信満々に意気揚々と職員室を飛び出していく。

そして先ほど俺たちを逃がす原因となった康寅は、廊下に出るなりすぐ誰かに捕まった。その会話がこちらにまで聞こえてくる。

「おい、祖堅！　さっきの何——」

「いいところに！　ちょっと手伝えよ！」

「祖堅、陽乃ちゃんと吉田さんはどこに——って、おいっ!?」

「わはは、こっちへ来いって！　もっと凄いの見られるぞ！」

こういうことはノリと勢いだと言わんばかりに、康寅は周囲を巻き込んでいく。

俺たちは呆気にとられつつも、その騒ぎを扉越しに聞き、互いに顔を見合わせる。

一体何をやらかすのか、想像できそうで予測がつかない。

どこかハラハラした気持ちで過ごすこと10分ちょっと、俺たちは俺たちで何かできることはないだろうかと切り出そうとした時、康寅の声で校内放送が響き渡った。

『あーあー、本日15時から急遽《きゆうきよ》ミスコンを始めまーす！　場所はグラウンド大ステージ！　あ、のスペシャルゲストもいるぞー！　皆期待して待ってろーっ！』

直後、校舎を揺るがすほどの大歓声が沸き起こった。

◇◇◇

それからの皆の動きは、非常に素早かった。どこで集めたのか、康寅たち有志一同は一丸となって、周囲への根回しと舞台設営を進めていく。

本来グラウンドステージでは、吹奏楽部やダンス部、落語研究会など部活の発表や、生徒会主導のビンゴ大会などが予定されていたはずだ。

それらの出演時間を削ったり明日に持ち越したりと調整していき、何とかミスコンの時間が捻出《ねんしゆつ》されることとなった。

突然の変更であったが、康寅たちの熱意ある説得に応じてくれたとのこと。

彼らにとっても有瀬陽乃の件は大きな関心事のようだった。

……もっとも、同調圧力ともいえるものも多分にあったみたいだが。

ともかく、それでも舞台は整えられた。

後はガス抜きの如《ごと》くイベントミスコンを盛り上げるだけ。

一方、騒ぎの起点となった平折のクラスのコスプレ喫茶は閉め切られ、平折や有瀬陽乃の控え室として提供されていた。

ちなみに南條凜は康寅たちと一緒に、急遽決まったミスコンの進行役として走り回っている。

「ふぉおおぉおぉおっ！　今度はこっち、こっちを着てみて！」

「自分の作った衣装なのに、別物に見えちゃう！」

「はぁ……着る、ということにここまで奥の深さを感じさせられちゃうなんて……」

「あはは、今まで色んな服を着てきたけど、こういう衣装は初めてだから、私としても新鮮な気分だよー！」

そこでは有瀬陽乃を中心に、やたらと盛り上がってる女子の集団があった。

彼女たちは康寅から話を聞くなり手伝いを申し出てくれた、平折のクラスの女子たちである。

『どの衣装で出ればいいかな？』

と言いだした有瀬陽乃に対し、是非使ってほしいと彼女たちが衣装の提供に名乗りを上げた結果、ちょっとしたファッションショーが展開されたのだ。

——確かに同じ服なのに、どれも印象が変わって見えるな。

安全ピン一つで魔女のワンピースに見事なドレープを作りだし、ショールを組み合わせては巫女服に千早《ちはや》をあわせたように演出し、量販店で買った既製品のメイド服でさえ、扇子《せんす》や手足にリボンをあしらうことによって個性的に魅せている。

ちょっと手を加えただけで、華やかにも厳《おごそ》かにも変わる様は、まさに魔法だ。

その魔法は着ている衣装の魅力、ひいては着ている者の魅力を最大限に引き出していた。

きっとそれは、長年のモデル生活で身に着けた能力なのだろう。

彼女たちだけでなく、俺も有瀬陽乃から目が離せないでいた。

「すごい、ですよね……」

ポツリ、と平折《有瀬陽乃》が呟《つぶや》いた。

その視線はいもうとに固定されている。

平折も彼女の魔法に圧倒されている一人だった。

なるほど、あれを見せつけられて一緒にミスコンに出るというのは、気が重くなるのも仕方がないことかもしれない。

だけど——

「平折もすげぇよ」

「ふぇっ!?」

俺は驚きの目を向ける平折の衣装を改めて見ながら、心の底から嘆息する。

肩口の開いた着物にミニスカート風の袴――ゲームの平折《フィーリアさん》をモデルに作られたそれは、驚くほど完成度が高い。

しっかりとしたイメージがあったからか、細部に至るまでこだわって作り込まれている。

これらを全て、針の基本的な使い方を教えてもらうところから初めて作ったというのだ。

そんな平折だからこそ、今回のことも何とかしてしまうに違いない。

「おねえちゃーん！　今度はおねえちゃんを、今以上に可愛くしようと思います！」

「「「ふぉおおぉおぉぉおっ!!」」」

「ふぇえ～っ!?」

いつしか平折の方にターゲットを移した有瀬陽乃たちが、涙目の平折を攫《さら》っていく。

情けない姿を晒しているが、意外と逞《たくま》しいことを知っているので、俺はそのまま見守った。

グラウンドに特設されたステージ前には、会場を埋め尽くすほどの黒山の人だかりができていた。

集まった皆の顔は一様に興奮から紅潮しており、今にも期待にはち切れんばかりの様子だ。

そしてそれは、15時丁度に弾《はじ》けた。

『突如決まったミスコン、集まってくれてありがてぇ！　早速だがエントリーナンバー1番、スペシャルゲストにして大本命の登場だーっ！』

「はーい、有瀬陽乃でーすっ！」

「「「うぉおおぉおぉおぉんっ!!」」」

会場は最初から最高潮だった。

康寅の司会のアナウンスと共に、飛び出すように有瀬陽乃がステージに躍り出る。

初《しょ》っ端《ぱな》から出し惜しみなしの大本命の登場に、会場は地響きがするほどの大歓声に包まれた。

しかも彼女はゲームに出てくる聖職者とか聖女などを連想させる非日常的な衣装を身に纏《まと》っており、それがこの祭りの空気と非常に合致して、盛り上げる一助となる。余談ではあるが、平折のクラスの女子が作ったシスターや巫女服などを組み合わせたものである。

そんな意外な組み合わせのコーデの上手《うま》さに、作った彼女たちも見惚《みと》れてため息をついていた。

『続いてエントリーナンバー2番は、2年の吉田平折ーっ！』

そんな有瀬陽乃に続くのは平折である。……正直なところ、この大本命の盛り上がりの後に続けというのは酷な話だと思う。平折もさすがにこの大歓声を前に萎縮《いしゅく》してしまっていた。

しかしここは平折じゃないと、有瀬陽乃の姉である平折じゃないないとダメなんだ。それだけ、平折が有瀬陽乃の姉だという噂も過熱しており、その正式な答えが求められている。

どうしたものか……そう思っていると有瀬陽乃が一度舞台袖にまでやってきて、強引に平折をステージへと連れ出していく。

「あ、あの、やっぱり私その……っ」

「いいから、いいからっ！」

「「「ほぁあああぁあぁぁあああぁぁっ!!」」」

そして平折の登場と共に、先ほどと同じく大歓声が上がった。

平折の格好は、コスプレ喫茶の開店と同時に噂になった狐耳着物ミニスカ袴スタイル。

昼間の件で店が閉じられてしまったこともあり、その姿を一目見たいという注目度も高い。

平折はあまりもの歓声の大きさに、ビクリと身を震わせてしまうが、それはもはやより一層の歓声を誘う呼び水にしかならなかった。

そして追い打ちをかけるかの如《ごと》く、康寅が皆の聞きたがっているであろう質問を浴びせかける。

『なんと、この2人は実は姉妹だということですがーっ⁉』

「はーい、ちょっと待っててねーっ！　おねえちゃん、こっち、そんでこう！」

「は、はひっ！」

「「「きゃぁああぁあぁぁあああぁっ!!!」」」

打ち合わせ通り、目の前で有瀬陽乃が平折そっくりの変装をしていくというパフォーマンスが行われる。これはたとえ見るのが二度目である人にとっても、驚き混じりの大歓声を上げるしかない。それだけインパクトのあるものだった。

――これで、平折と有瀬陽乃が姉妹だというのが知れ渡っただろうな。

今後このことで、ひそひそと噂をされることはないだろう。……もっとも、それ以外の問題が起こるかもしれないが。しかし、まずは一安心だ。

俺は舞台袖から、ぐいぐいと有瀬陽乃に引っ張られながら周囲にアピールする2人を見て、ほっと胸を撫で下ろした。

「……ねぇ、ホントにあたしも出るの？」

「凜」

安堵《あんど》する俺とは対照的に、珍しく沈痛な面持《おもも》ちの南條凜が話しかけてきた。その姿は平折と同じくコスプレ喫茶の時のゴスロリドレスのままである。その格好の意味するところは、まぁそういうことである。不安と戸惑いを隠そうとしていない。

そこへ康寅が空気を読まずか、上機嫌で急《せ》かすように割って入ってきた。

「ミスコンなのに2人だけってのはおかしいだろ！　次頼むぜ、南條！」

「うぅ、だよねー……」

凜はどこか諦《あきら》めの空気を纏い、虚《うつ》ろな瞳でステージを見る。

そこには、割れんばかりの喝采《かっさい》を受け愛想を振りまく美少女2人。しかも時の人である人気モデルとその異母姉。

確かにこの2人に続いて舞台に登場するというのは、彼女たちと比べられるということ――それはさすがの南條凜といえど、躊躇《ためら》うのは仕方がないと言える。

「でも、凜もあの2人に負けてないだろう？」

「……え？」

確かにステージの2人は凄いと思う。

しかし見た目もそうだが、南條凜は決してその2人に負けないほどの魅力に溢れる女の子だというのを、俺は知っている。

驚く南條凜は、俺の言葉が本気かどうか確かめるかのように、その瞳で覗き込んできた。

その端整な顔を近づけられて、思わずドキリとして仰《の》け反《ぞ》りそうになるが、ここで目を逸らせば俺の言葉が信じられなくなるかもしれない。だから俺は、腹に力を入れて南條凜を見つめ返す。

「……」

「……」

やがて俺を信じてくれたのか、南條凜は「ふぅ」と大きなため息をつき、くるりと身を翻《ひるがえ》した。

「ま、いいわ。信じてあげる」

「……そうか」

そっけなく言葉を紡《つむ》ぐもしかし、凛の足取りは軽く、どこか言葉も弾《はず》んでいるようだった。

『エントリーナンバー3番はこの人！　校内でもはや知らない人はいないだろう、振った相手の数知れず、2年の南條凛ーっ！！』

「「「きたあぁぁああぁぁあぁぁあぁぁっ!!!」」」

康寅の紹介と共に覚悟を決めてステージに飛び出す南條凛。

湧き上がる歓声は、平折と有瀬陽乃の2人に勝るとも劣らないものだった。

それどころか、より一層華やぐステージに対し、会場の熱が上がったとさえ錯覚する。

――ほらな。

南條凛に向けた言葉が真実であっただろうと、どこか誇らしい気持ちで3人を眺める。

「次は僕たちの番だな、倉井君」

「えっ、誰……まさか、坂口《さかぐち》か？」

「ふふっ」

かけられた言葉に振り返れば、やたらと体格のいいホステスのような格好をした人物がいた。

辛《かろ》うじて声から坂口健太《けんた》だと推測できる。

サッカーで鍛えられた引き締まった肉体は、これでもかと雄々しさを強調しており、どう控えめに言ってもミスマッチ過ぎる格好だった。なまじ男性的である端整な顔立ちが、化粧によってより一層、アンバランスさを強調し悪い方に作用している。完全にネタ枠といえた。

そういえば坂口健太のクラスは女装キャバクラだっけ……

「おぅ、昴《すばる》も早く準備しろよ！　オレも出るしさ、皆も手伝ってくれるみたいだし！」

「え、ちょ、康寅……まさか⁉」

サムズアップしていい笑顔を見せる康寅の背後から、目を血走らせた女子の集団が現れる。

にじり寄る彼女たちから逃げようとするも、同じくいい笑顔をする坂口健太にガシッと捕獲されてしまう。

「一度倉井君にも化粧させてみたかったんだよね！」

「祖堅はネタ枠として、倉井はガチで仕上げてみたい！」

「ちょっと、男のくせに腰がちょー細いんですけど！」

「いやあああ、まつ毛わたしより長いんですけどお⁉」

「あ、すね毛は剃《そ》ってもいいよね⁉」

ミスコンだが、確かに女子以外が出てはダメだという規定はない。

そして、あの3人に続いて舞台に立ちたがる女子はいないだろう。それだとミスコンとして成り立たない。

いや、確かにこれはいい手だとは思うが……

「倉井君、吉田さんたちばかりに負担をかけさせないためにも男らしく観念しよう」

「……そ、そうだな」

「オレ、一度女装ってしてみたかったんだよなーっ！」

平折たちの助けになるならば、と自分を納得させて彼女たちに身を任せる。

『続くエントリーナンバー4番はサッカー部のイケメン、女子になって挑戦する坂口健太！　5番は意外と女装が似合ってしまってちょっぴりドキドキしてしまう倉井昴、そして6番はこのオレ、祖堅康寅だーっ！』

康寅の司会と共に、俺たち3人は一気にステージへと足を運ぶ。

個別に現れるより、女装男子揃って登場の方がインパクト的にも大きいだろう。

そしてそれは、狙い通りの効果を発揮することとなった。

「わはは、アイツら何やってんだ!?　わははっ！」

「うげ、化け物！　あ、でも倉井はちょっと見られ……アリかも!?」

「く、屈辱的な格好させられてる坂口きゅんに一周回って萌《も》えるんですけど！　はぁはぁ！」

「おらー、女装するだけで美少女に近づけて羨《うらや》ましいだろ、おまえらーっ！」

「PKの緊張に比べたらマシ、PKの緊張に比べたらマシ……」

「うぐ……思った以上に恥ずかしい……」

「あ、あんたたち何やってんのよ!?」

「あはは、すぅくん意外とかわいーっ！」

「あ、あうぅ……」

それまでと違った方向性の歓声があがり、ステージは盛り上がっていく。

そしてこの空気に触発されたのか、他のお調子者の男子たちが飛び入りで参加し、今度は一発芸じみたステージへと変化していく。その中にはステージの使用を譲ってくれた団体やクラブなんかの出し物もあった。

これは誤算だったけど、平折たち以外にも話題が逸れて、これはこれでよかったかもしれない。そう思えるほどの舞台だった。

やがてステージも終焉《しゅうえん》を迎え、優勝者が発表される。

「み、みなしゃん、ありがとうございま、しゅっ！　ぁぅ……」

優勝したのは近所に住む女の子、あまねちゃん（5歳）だ。

幼稚園で一生懸命練習したダンスで、観客全員をほっこりさせた。

あまねちゃんが表彰されて、皆がほんわかしている時、平折や南條凜、有瀬陽乃と目が合う。

みんなどこか呆れつつも、いい笑顔をしている。

それを見て、文化祭は成功だと確信できたのだった。

# Play Time. 8時間目　おねえちゃん

陽はすっかり落ちていた。

夕方まで続いた祭りの熱もすっかり冷めており、校内に残っている生徒もまばらだ。有瀬陽《ありせひ》乃《の》の登場もあって、盛り上がり過ぎて体力が尽きたのか、早々に皆は帰宅してしまった。残っているのは屋台の調理器具や在庫のチェックといった、明日早くから使用するものの準備をする者ばかりで、その動きは緩慢《かんまん》だ。

俺はといえば、悪戦苦闘して化粧を洗い流した後は、適当にそのへんをうろちょろとしていた。平折《ひおり》待ちだ。あれだけの騒ぎだったので出待ちとかそういう面倒を避けるため、人気《ひとけ》がなくなるのを待っているところである。

「うぉ、この再生回数やっば！」

「いやいや、ある意味当たり前っしょ！　あの有瀬陽乃とその姉だぞ？」

「ん〜、やっぱ何度見てもいいな、これ」

「へっへっへ、な、オレの言った通りだろ？」

ステージの裏手の方でやたらと騒がしいグループがいるのを見かけた。なんだか悪だくみめいた何かをしていそうで、その中心には康寅《やすとら》がいる。

経験上、あんな顔をしている時の康寅はロクなことを考えていない。思わず眉を顰《ひそ》めてしまう。

だが見てしまった以上、平折と有瀬陽乃の顔が脳裏にチラつけば、確認しないわけにはいかない。

「……何やってんだ、康寅？」

「お、昴《すばる》！　へへっ、これだよこれ！」

「これは……よくできてるな」

康寅がスマホで動画を見せてきた。先ほどのミスコンを編集したものである。

動画として非常に完成度が高かった。時々テロップやＢＧＭも差し込まれ、画面に映る平折や有瀬陽乃、そして南條凜《なんじょうりん》の魅力がより引き出されている。……俺たちも、いい引き立て役になっていた。現在進行形でものすごい勢いで再生回数が増えている。まぁ、このクオリティを考えれば当然か。

康寅の隣を見れば、眼鏡の男子が照れくさそうに鼻をこすっている。彼が編集したのだろう。

しかし同時に気になることもあった。

これだけ動画が再生されているということは、それだけ世間に平折が有瀬陽乃の姉だということが広まっているということになる。

先日、南條凜は平折の存在は有瀬陽乃、ないしその父である有瀬直樹《なおき》のスキャンダルになると言っていた。少なくともこれは、彼にとって不都合な状況のはずだ。

そう考えると、顔が険しくなるのを自覚する。

「なぁ康寅、この動画勝手に投稿とかして大丈夫なのか？」

「へ？　大丈夫じゃねーの？　だって――」

「――だってそれ、私がやってって頼んだんだもん」

「……ひぃちゃん」

「やほー」

そこでひょこっと有瀬陽乃が顔を出す。その表情はどこか上機嫌だ。

既に制服に着替えているものの、先ほどまでのステージの熱気で身体が火照《ほて》っているのか、ブレザーを脱いで胸元も緩められている。上気している頬が少し色っぽい。

「ね、すぅくん。今日のおねえちゃんどうだった？」

「平折？」

「もっとさ、表舞台で輝ける人だと思わない？」

「……ひぃちゃん？」

問いかけというより、確認するかのような台詞《せりふ》だった。

彼女の瞳には、信念に満ちた光がある。眉間《みけん》に皺《しわ》が寄る。

そして視線で康寅たちから少し離れたところを示す。どうやら聞かれたくない話をしたいらしい。おそらく、平折についての相談とやらだろう。一緒に足を向けた。

「おねえちゃんはさ——もっと日向《ひなた》に出て、皆に祝福されるべきなんだ」

なんとなく有瀬陽乃の言いたいことが理解できた。

かつての平折の姿と性格を思い出す。

地味で自己主張もせず、ただ俯《うつむ》き耐え忍ぶ。

父にその存在を否定され、目立たず日陰を歩むかのような人生。

そんな異母姉を皆に認めてもらいたい——きっとそれが有瀬陽乃の願いなのだろう。

「……それが、平折についての相談だったのか？」

「半分当たり。残りは何だと思う？」

「……わかんねぇよ」

そう言って、有瀬陽乃の目がすぅ、と細められる。彼女が纏《まと》う空気が変わる。感情が上手《うま》く読み取れない。

だがその目には、芸能界という荒波で揉《も》まれてきた強者の凄みのようなものが感じられた。

俺も腹に力を入れて見つめ返す。

「おねえちゃんを買うにはどうすればいいだろう？」

しかし続いて紡《つむ》がれた言葉に生理的な嫌悪を覚え、頭の中は一瞬にして沸騰する。感情を押しとどめる許容値は振り切れ、だが却《かえ》って冷静になる。

「……どういう意味だ？」

ただし、その声はどこまでも低い。

――平折を買う。

まるで平折をモノのように扱っている……そんなことは断じて許されない。受け入れられない。

そんな俺の心境を知ってか知らずか、有瀬陽乃は淡々と言葉を続けていく。

「およそ1000万円」

「それがどうした？」

「子供1人に対してかかる養育費の相場よ」

「だからっ……いや、そうか」

有瀬陽乃の顔は先ほどまでと違い、無機質な能面のような顔になっていた。

その表情のなさによって、かえって有瀬陽乃の心情が伝わってくる。

――養育費。

その単語で、少しだけ熱くなっていた頭に理性を取り戻していく。

これは平折に関する相談であると共に、その父親に関する相談でもあることに気付く。

つい先日、南條凜にそのことについて聞いていたから、色々と向き合う覚悟ができていたのが幸いか。

「……平折の父の示談金の話に関わることか」

「養育費って意味もあったから、毎月支払われて……って知ってたんだ、驚いた」

「あぁ、凜に……南條凜、アカツキグループのお嬢様に聞いた」

「はっ⁉　ちょっと待って！」

有瀬陽乃は思わず大きな声を出す。僅《わず》かながらにグラウンドに残っていた生徒たちの視線を集めてしまい、コホンと誤魔化すように咳払《せきばら》い。気を取り直して俺に向き直る。

「……どういうこと？」

今度は有瀬陽乃が尋《たず》ねる番だった。

「どうもこうも……さっきのミスコンの3番手に出た明るい髪の子がいただろ？　アカツキグループ会長の孫娘だそうだ。彼女に聞いた」

「確かにかなり可愛い子だとは思ったけど。そう、彼女はおねえちゃんの……」

「親友だ」

「……そっか」

と呟《つぶや》き、有瀬陽乃は思案顔になった。反応から見るに、どうやら南條凜のことは知らなかったようだ。

きっと有瀬陽乃は、俺の思った以上に最近の平折のことを知らないらしい。

そしてそれは俺も同じだった。

俺も有瀬陽乃やその父親に関することは、目の前で見聞きしたことと南條凜に教えてもらったことしか知らない。知らないことが多すぎる。

だが、想像することはできた。

弥詠子《やえこ》さんは40目前とはいえ30代だ。同世代の母としてはかなり若い。

大卒後すぐに平折を抱え、金銭的に苦労したのは想像に難《かた》くない。

きっと平折が小さい時は、示談金という名の養育費が生命線だったのかもしれない。

——そういえば、両親からそのあたりの話を聞いたことがないな。

聞くのも野暮《やぼ》なことだったし、また仲も良好だったので、気にしたこともなかった。

色々話を繋ぎ合わせてみるとその出会いも気になってくるが、今は平折だ。

「おねえちゃんを買う……つまり示談金で何かあるというのか？」

「それなんだけど、ちゃんと支払われてないみたいなのよね」

「……何故？」

「こないだ、神社で崖から落ちた話はしたよね？」

「それが今どういう——」

「あれね、おねえちゃんが私を連れ出して危ない目に遭《あ》わせた、って話になってる」

「――は？」

自嘲気味に言葉を零《こぼ》す有瀬陽乃の顔は、悔恨の念に彩られていた。

先日神社で聞いた話とは随分違う。そちらが真実だとすれば、つまり――

「平折のせいにして、示談金の支払いを打ち切ったというわけか」

「我が父ながら最低よね」

……南條凜は有瀬陽乃とその父が、スキャンダルを恐れているのではと言っていた。

つまり、それだけ平折という存在が邪魔だということだ。

話を聞いていると、当時から経済的に圧迫して余裕を奪い、コントロールしようとしたんじゃないかと思えてくる。

しかし現在、俺、いや俺たちは不自由ない暮らしをしている。

彼にとって出世の手駒でもある有瀬陽乃は、平折というスキャンダルの火種を抱えている。

このまま無関係で――と願うが、彼が許してくれるかどうかはわからない。

「私はね、すぅくん。おねえちゃんの自由を買いたい」

「……そうか」

ひぃちゃんの、有瀬陽乃のもう一つの願いはそれなのだろう。

彼女の言葉とその瞳には、後悔の光と共に強い意志を感じられた。

そしてポケットをまさぐり、取り出したものを見せてくる。

「通帳……は!?　何だこの額!?」

「平均的な生涯年収分はあるかな？　あれからずっと、お仕事頑張ってたからね」

そこには俺から見て、いや誰が見ても信じられないような額が記載されていた。

これだけあれば、誰かの人生を左右するには十分すぎるほどの額だ。贅沢《ぜいたく》しなければ、一生働かなくても暮らしていける。

平折のために貯めたとしたら、それだけ有瀬陽乃の本気の度合いが窺《うかが》い知れる。

だけれども……自分でも理由はわからないが、それではないと心が訴えているのがわかった。

果たして平折がこれを手にして喜ぶのかと。

「……こんなの、平折が渡されても困るだけだろ」

それが願望混じりの自分勝手な言葉だった。

「だよね、だって私がそうだもの」

しかし有瀬陽乃はそれに同調する言葉を返す。お金だけあってもしょうがないと、その顔が告げている。

まるで迷子のように途方に暮れた顔をしていた。

そしてそれは、出会った頃の平折の表情に酷似《こくじ》していた。

――そこで平折と同じ顔をするのかよ……っ！

正直に言えば、有瀬陽乃とはあまり深く関わる気はなかった。

過去に一緒に遊んだとはいえ、今やその関係は希薄だ。

だがそんな顔を見せられると、どうしても胸が騒《ざわ》めいてしまう。

「おい、なんだあの車?」

「ちょっ、こっちに来た……危なっ!?」

その時、校門の方でにわかにそんな声があがったかと思うと、ものすごい勢いで高級そうな黒い車が校内に進入してきた。砂埃《すなぼこり》を上げて急停止すると、そこから何人かのスーツ姿の男たちが降りてくる。

その中でも一際《ひときわ》威圧感のある壮年の男性が、まっすぐにこちらにやってくる。

有瀬陽乃の表情が強張《こわば》るのを見れば、どういう人物かだなんてすぐにわかった。

「ここにいたか、陽乃! どういうつもりだ!」

「お父さんっ……やっ、痛い……やめっ……」

有瀬直樹——平折と有瀬陽乃の父親だった。

その顔立ちはどことなく平折と有瀬陽乃に似ている部分があったが、その威圧的で冷たい瞳や他者を寄せつけない空気は彼女たちと似ても似つかない。

そして彼はこっちに来るなり強引に有瀬陽乃の腕を摑み、引き摺《ず》るようにして彼女を連れ去ろうとする。まるで物を扱うかのような態度が許せなくて、思わず声を上げる。

「ちょ、ちょっと待ってください!」

「動画を拡散したのは君か？　おかげで色々と大騒ぎだ……くそっ、娘の価値が貶《おとし》められた慰謝料を求めたいところだ！　動画のオリジナルはどこだ、よこせ！」

だが有瀬直樹に睨《にら》みつけられ、苛立《いらだ》ちを隠そうともしない目で射貫《いぬ》かれれば、びくりと肩が震えてしまう。だがこの空気に呑み込まれてはいけないと、腹に力を入れて見つめ返す。

「あれは陽乃さん自身の意思で撮って投稿されたものです！」

「っ！　バカ者！　あれのせいで一体いくらの損失をっ！」

「ひぃちゃん！」

「きゃっ……すぅくん!?」

パンッ、と乾いた音が鳴る。有瀬陽乃の驚いたような視線と、有瀬直樹の忌々《いまいま》しそうな視線が、２人に割って入った俺の左頬に突き刺さる。

それよりも俺は、頭が真っ白になってしまっていた。

これが自分の娘に対する扱いなのだろうか？　異次元過ぎる考えに理解が追いつかない。

そして有瀬直樹は舌打ちを一つ。手間をかけさせるなと言いたげな表情で、再び有瀬陽乃の手を掴もうとしたので、無理にでも身体を盾《たて》にし、それを阻止した。

「待ってください。彼女との話がまだ終わっていないのですが」

「……こちらから話すことはもうない、邪魔をしないでもら――」

「そうね、あたしの友人を紹介する邪魔をされると困るわ……どういうつもりかしら、有瀬本

背後から声が聞こえたかと思えば、俺たちと車の間に行く手を阻《はば》むように現れる女子生徒がいた。アカツキグループの令嬢、南條凛だ。

これだけの騒ぎだ。駆けつけてきてくれたのだろう。

「新年の挨拶《あいさつ》以来ですね、有瀬本部長」

「南條、凛……様……」

にっこり微笑む南條凛に対し、有瀬直樹はバツの悪そうな顔をして、自分の娘の手を放す。

さすがの彼であっても、経営者一族直系の娘は、軽んじていい相手ではないようだ。

そして有瀬直樹を見据える南條凛は、見たこともないほどの冷たい眼差《まなざ》しをしていた。ぞくりと背筋が震え、これがあの南條凛かと、思わず自分の目を疑ってしまう。

南條凛は、そのすぐ傍《そば》に立っているだけでも、背筋が凍《こご》えるかのような凄みを放っていた。

自分に不利益をもたらす者は容赦なく切り捨てる――そんな、人の上に、組織の頂点に君臨する冷徹な支配者の風格を醸《かも》し出している。一朝一夕《いっちょういっせき》では身につかない、ましてや演技では表現できそうにない凄みだ。

きっとそれは、アカツキグループに生まれたがゆえに叩き込まれた帝王学が為《な》せるものなの

「……え？」

「っ!? 貴女《あなた》は……」

部長？」

だろう。

「有瀬本部長、改めてあなたの娘さんに私の親友を紹介するところでしたが……あなたの登場は、彼女なりのサプライズなのでしょうか？」

「え、いや、それは……」

南條凛の目が細められ、有瀬直樹は明らかに気圧《けお》される。その冷徹な眼差しに圧倒されるのは、何も彼だけではなかった。

有瀬陽乃は後ずさり、味方であるはずの俺でさえ、この空気に呑み込まれて震えてしまいそうになる。

しかし南條凛は、そんなのは知ったことかとこの場を取り仕切っていく。

「一応、有瀬本部長にも紹介しておきますね。私の友人である倉井《くらい》昴君に――吉田、平折さんです」

「っ!?」

「……ぁ」

「平折っ!?」

南條凛の背後から、おどおどして顔を俯《うつむ》かせた平折が現れる。凛は敢《あ》えて吉田と含みを持たせて紹介した。

それは暗に、平折がただの彼の娘のそっくりさんというわけでなく、有瀬直樹との関係を知っているぞと、彼に刃《やいば》を突きつけるような言葉だった。

有瀬直樹は苦虫を嚙み潰《つぶ》したような表情で目を見開き、平折を見つめる。

「凜、様……どういうおつもりですか？　動画の投稿も貴女が？」

「なかなかいいサプライズになったかと思いません？」

「ですが！」

「くすくす、私はアカツキグループに多大な貢献をしていただけている有瀬本部長を高く評価しております。今後も仲良くしたいとは思いますけれど？」

「そう、ですか……」

南條凜は静かな微笑みを湛《たた》えながら、一歩踏み出す。すると、有瀬直樹は一歩下がる。それだけで2人の力関係が明確に見て取れる。彼の顔が少し青褪《あおざ》めているようにも見える。

――それも当然か。

今の有瀬直樹にとって最大の手札は、娘である有瀬陽乃《の》だ。彼女を広告塔として好きに利用することによって、随分とアカツキグループ内で伸し上がってきたと聞いた。

平折の存在を突っつかれれば、内部でも大いにスキャンダルの素《もと》になるだろう。

「今回の件で、色々と有意義なお話しをできればと思います」

「……っ！」

それは従属を迫るかのような発言だった。

事実、南條凜はアカツキグループにおける、有瀬直樹の人事考課を左右する材料を――生殺与奪の権を握っているに等しい。

きっと南條凜は、平折の父という存在の登場に、我慢できず飛び出してきたのだろう。

その気持ちはよくわかる。俺も同じだ。見ていて爽快ですらあるし、個人的には彼女を応援したい気持ちでいっぱいだ。

だけど――

「本部長、賢い判断をした上でお返事を聞か――」

「それ以上はやめろ、凜」

「――ぴゃっ!?」

「っ!?」

なおも獲物を甚振《いたぶ》るかのように迫る南條凜の鼻を、俺はいつぞや彼女にやられた時と同じように摘《つ》まんだ。

突然の俺の行動に驚いたのは南條凜だけでなく、有瀬父娘《おやこ》もあんぐりと口を開けて俺たちを見ている。

「す、昴!?　あんたいきなり何を――」

「何を、じゃない。落ち着け、凜」

「あたしは――」

「凜！」

迫力としては、南條凜には遠く及ばないだろう。

しかし俺なりに精一杯の真剣な顔を作って南條凜を睨みつけ——そして平折の方へと視線を誘導した。

「……っ」

「……あ」

そこで初めて南條凜は気づいたようだった。

実の父を目の前にした平折はすっかり縮こまっており、そして小刻みに肩を震わせている。見ている方が痛ましくなるほど、怯《おび》えてしまっていた。

平折の今の置かれている状況を考えると、有瀬直樹と何かあったというのは明白だ。それこそ、実父を前に怯え震えるほどの何かがあったというのは、想像に難くない。

確かに今ここで、南條凜の立場を利用して、有瀬直樹に掣肘《せいちゅう》を加えるというのも重要かもしれない。だけど俺は、これ以上苦しそうな顔をしている平折を見たくなかった。

それに——

「もうやめろ、凜。お前、もの凄い顔しているぞ」

「——っ！」

俺は彼女にだけ聞こえるように、低く小さな声で囁《ささや》く。

今の南條凛の顔は、かつて彼女の両親が自分の娘に向けていた、他者を道具のように扱おうとする顔と同じものだった。

俺はそれが、どうしてか許せなかった。

本当は寂しがり屋で構ってほしがりの、この友達想いの少女に、そんな顔をさせたくなかった。

俺の思いが通じたのか、南條凛の顔がいつもの人懐っこいそれに変わっていく。

「っと、失礼、有瀬本部長。私たちはこれで失礼していいでしょうか？　明日の予定の話し合いとかもあるので」

「え、ええ……」

「今日のことはまた改めて。悪いようにはしません」

「……」

南條凛は立ち尽くす有瀬直樹を放って、俺たちに向き直り、困った顔で笑う。

「ほら、行きましょ、陽乃さんも」

「え、えぇ！」

そして有瀬陽乃も一緒にと促し、頭を下げた有瀬直樹を背にする。

——これがアカツキグループ直系の娘の力か。

その凄《すさ》まじさをまざまざと見せつけられた。

まるで絶対君主制の王国の姫さながらで、住んでいる世界が違うと思い知らされる。

「……あんがと」

「別に俺は……余計な口出しをしたかもしれん、すまん」

「そんなことっ！　あのままだったらあたし……」

「……そうか」

だというのに、南條凜にそんな殊勝《しゅしょう》な態度を取られると、そのギャップに戸惑ってしまう。

「ね、昴。あんた成績良かったわよね」

「いきなりどうした、急に？」

「大学で経営学を学んでさ、そんでもってうちに入って今みたいにあたしを助けなさいよ」

「そりゃ将来安泰《あんたい》だな」

「ふふっ、でしょ？」

そう言って悪戯《いたずら》っぽく笑う南條凜は、これが冗談だと笑い飛ばすにはあまりにも真剣な顔を向けてくるのだった。


その後、とある空き教室に移動した。

普段は資材とか余分な机などが置かれているのだが、文化祭で持ち出されたのかがらんとしている。

この教室に用がある生徒はまずいないだろう。人目を避けるには最適な場所だ。

「ごめんなさい、平折ちゃんっ！」

「あ、あの、凜さん、顔を上げて……」

そこで平折は南條凜に頭を下げられて、おろおろとしていた。

平折は明らかに理解が追いついていない顔だった。あぅあぅと鳴きながらこちらをチラリと見てくるが、これは肩をすくめて苦笑するしかできない。

今の南條凜にとっては、平折に謝らずにはいられない心境に違いなかった。だから俺が口を挟むのは、なんだか憚《はばか》られた。

「あたし、あの男をやり込めることしか考えてなかった……平折ちゃんがどう思ってるかなんて、全然頭になくて……」

「あぅ……私もう、気にして……」

平折の言葉は、おそらく事実だろう。

驚愕《きょうがく》とか混乱といった感情に上書きされて、すっかりいつもの平折に戻っている。

「それにしても凜さんが――おねえちゃんの友達がアカツキグループのお嬢様だなんてビックリだよ」

俺の隣にやってきた有瀬陽乃が、複雑な声色でため息をつきながら呟いた。

その顔を見るに、どうしてついさっきまで黙ってたのと言いたそうな、不満げな表情だ。

まぁ確かに彼女にとって南條凜は所属している事務所のトップの娘にあたる。色々どう接していいのかわからないのだろう。今平折に頭を下げている姿を見せられたら、余計に。

「有瀬陽乃、さん……あたし、あなたに対しても酷《ひど》いことをしたかも……お父さんのことを、その……」

「あはは、いいっていいって。あの人、我が父親ながら少しアレだし……でもちょっと家には帰りづらくなったかな?」

「それなら部屋を貸しましょうか? グループ系列の物件なら便宜《べんぎ》図るわよ」

「んー、もしもの時はお願いするかも。保証人とかネックだし」

とはいうものの、一度話しだせば屈託なく会話が繰り広げられる。もっとも南條凜と有瀬陽乃の2人の会話は、まるで異次元の内容だった。家やマンションを仲介したりされたりだなんて、どう考えても高校生がするような話ではない。

同じことを思ったのか、目の合った平折と苦笑し合う。

それよりも俺は気になっていることがあった。

「平折、大丈夫……なのか?」

「はい……今は平気、です」

少し困ったような笑顔を見せる。

「だけど、凜さんがアカツキのお嬢様だなんて知りませんでした」

「そうだな……話は聞いてたけど、実際あの迫力を目《ま》の当たりにしたら想像以上で驚い……平折？」

「……凜さんのこと、知ってたのですか？」

「あ、いや、その……」

平折はどうして黙っていたの？　と言いたげな表情で、ぷくりと頰を膨《ふく》らませた。

何と言って宥《なだ》めようと考えて――なんだ、これはいつもの平折だ――そう思うと、笑いが零《こぼ》れてしまった。笑った俺が気に入らないのか、今度は口を尖《とが》らせる。

とはいえ、先ほど有瀬直樹を前にしたときの平折の様子は、尋常ではなかった。

顔は病人のように青褪めて、肩や足を小刻みに震わせ、立っているのが不思議なくらいの状態だった。南條凜に責められている有瀬直樹の方が、よっぽど堂々としているとさえ思えた。

きっと平折には、俺には想像できないほどのトラウマがあるのだろう。

思い当たる節もいくつかある。

かつてナンパされた時や、坂口健太に呼び出しを受けた時――男性と2人で対面すると、先ほどのようにそのトラウマが刺激されたのか、身体が震えてしまっていた。

――あれ、じゃあ何で俺は平気なんだ？

「あの、おねえちゃん……あの時はごめんなさいっ！」

「は、はぃ……ふぇっ⁉」

だがその思考は、今度は有瀬陽乃が平折にいきなり頭を下げたことによって断ち切られた。

突然の有瀬陽乃の謝罪に、平折はどういう状況か呑み込めないでおり、今度はふぇぇと鳴いている。

「私がおねえちゃんを不幸にしたの！　あの時私が強引に連れ回したせいで、おねえちゃんが悪者になって……何か言いたくても、あの後すぐに引っ越しちゃったし、それで……っ！」

「陽乃、さん……」

何に対しての謝罪なのかを理解した平折は、有瀬陽乃を見つめる目を次第に細めていく。

「私、知ってたのに！　あの男がおねえちゃんを邪魔に思っていたの、知ってたのに！　なのにっ――」

「いいんですよ」

「――ふぇ!?」

突如《とつじょ》、有瀬陽乃は平折みたいな驚いた声を上げる。

それは意外な行動だった。

有瀬陽乃に――母親違いの妹に近寄った平折は、彼女の頭を自分の胸に抱き寄せる。

俺と南條凜も驚きに目を見開いて、この姉妹の様子を見守る。

「陽乃さんは勘違いをしてますよ。私は今、全然不幸じゃありません」

「え、でも……」

「だって素敵な人が傍にいますから」

「ぁ……」

そう言って、平折はこちらに向かってにこりと微笑む。

それは初めて見る顔だった。

有瀬陽乃を宥める平折は、慈愛に満ちた姉の顔をしている。

——そんな顔もできるんだ。

平折は義妹《いもうと》だ。誕生日が3ヶ月だけ違う、少し年下の女の子だ。

だけど——同い年で同じ学年の女の子だ。

どうしてか、俺はそのことを強く意識させられてしまった。

「私は今、幸せですよ。だから陽乃さん、自分を責めちゃメッ、です」

「おねえ、ちゃん……おねえぢゃんんーっ！」

「ふぇぇっ⁉」

感極まったのか、有瀬陽乃は平折にしがみつくように腕を回し、泣きだした。

先ほど見せられた、9桁《けた》の通帳を思い出す。

あれだけの額を稼ぐのに、一体どれだけの苦労を重ねてきたのか想像することさえできない。

しかし今、外聞も気にせず背負ったあれこれを下ろして泣きじゃくる様は、姉に甘える妹そのものだった。

だというのに平折は、有瀬陽乃の行動が想定外だったのか、おろおろしながら「あぅ」「その」と情けない声を漏らす。

なんだかそこが平折らしくて、俺と南條凜は笑ってしまう。

やはり平折と有瀬陽乃――いやひぃちゃんは、母親が違うとはいえ確かに姉妹だった。

やっとわだかまりの溶けたこの姉妹水入らずの時間を邪魔をするのは野暮《やぼ》だろう。

「行くぞ、凜」

「え、ちょっ昴っ!?」

だから強引に南條凜の手を掴んで、空き教室を出て扉を閉める。

今はそっと、2人だけにしてあげた方がいい。

「なぁ、凜」

「な、何よ」

「良かったな、2人とも」

「……そうね。それとあんた、その顔……」

「ん？」

「何でもないわ」

「――平折や凜は凄いな」

人気《ひとけ》のない暗くなった廊下で零してしまうのは、そんな呟きだった。

結局俺は、その場にいただけでしかない。

有瀬直樹の件は南條凜が、有瀬陽乃の悩みは平折本人が解決している。

彼女たちと比べて俺は――

「昴、えいっ」

「……凜っ⁉」

今度は俺が南條凜に鼻を摘まれた。

突然のことにびっくりする俺に、いつもの悪戯っぽい顔を近寄せてくる。

「変なこと考えないの。あんたも十分凄いやつよ、少なくともあたしにとっては、ね」

「り、ん……」

きっと変な顔をしていたのだろう。

だから励ましてくれたに違いない。

これだから、南條凜には敵《かな》わない。

……だけど先ほどの有瀬直樹と相対した時の彼女の顔を思い出す。あれは南條家の娘としての顔だったのだろう。

すごく冷たくて、何ていうか、あんな顔をさせたくないだなんて思う。

だから俺は南條凜に――凜に、先ほどの感謝と今の決意を込めて笑いかける。

「……ありがとな、凜」

「ふふっ、どういたしまして」

そう言って笑った凜の笑顔は、ドキリとしてしまうほど綺麗だった。

◇◇◇

「ん〜、泣いたら色々スッキリしちゃった！」

ひとしきり泣くだけ泣いたのか、ひぃちゃんはとてもいい笑顔をしていた。

隣には困った顔の平折。

何かが吹っ切れたようで、ひぃちゃんは平折にべったりとくっついて離れようとしない。

今も平折の腕を抱いて、肩にぐりぐり頰ずりをしている。

平折は助けてほしそうな顔でこちらを窺ってくるが、俺と凜は生温かい目で見守るだけだった。

「可愛い妹に甘えられてるんだ、好きにさせてあげな」

「すぅくん、わかってる！」

そしてより一層、ひぃちゃんの甘えんぼ攻勢は激しくなる。

もっとも、小柄な平折の方が可愛がられているように見えるのが、なんだか可笑《おか》しかった。

とにかく、この姉妹の間の距離が縮まって、喜ばしいことだと思う。

だが、気にかかっていることもあった。

「なぁ凜、有瀬直樹はこれからどうなるんだ？」

聞きづらい話題について触れると、平折の肩がビクンと震えた。しきりにはしゃいでいたひぃちゃんも身体を強張《こわば》らせ、平折に抱きつく腕に力を込める。

2人には悪いと思ったが、具体的なことが何もわかっていないと不安が先立つので、そうした情報が欲しかった。

「そうね、彼の能力自体は非常に高いしグループとしては手放すのは得策ではない。となると、取引かしらね」

「取引……？」

「平折ちゃんが陽乃さんと姉妹だと世間に露呈したけれど、今の彼の立場を保証する代わりに、これからも組織のために役立ちなさいってね。ま、首輪をつけて飼いならす感じかしら？」

「つまりこの件で目を瞑ってある程度擁護《ようご》する代わりに、凜たち経営者一族に逆らえなくなるってことか」

なるほど、妥協点としては悪くない……のかな？

「打算的なあの男のことだから、取引には応じると思う。だけど今回釘を刺した件で、凜様が恨まれるかも……」

「様づけはやめてよ。ま、多少恨まれるのは覚悟の上。もし何かされそうになったら昴が助けてくれるんでしょ？」

「俺にできることならな」

「あら頼もしい」

茶目っけたっぷりに軽口を叩く凜に、ひぃちゃんは呆れた目を向ける。

ついでとばかりに同じような目で俺を見るのははなはだ心外だった。

そんな俺たちを見守る平折の目は、何だか先ほどひぃちゃんを包み込んでいた時のような優しい瞳で――どうしてだかそれに胸がざわついてしまった。

# 9時間目 Play Time. これからも

文化祭2日目も慌ただしく過ぎ去っていった。

動画投稿の件もあり、外部からの来客が爆発的に増えたものの、初日のミスコンでのガス抜きが効を奏《そう》したのか、在校生たちが非常に協力的で助かった。ひぃちゃんが顔を出さなかったというのも大きいだろう。

……もっとも、平折《ひおり》のクラスのハロウィンコスプレ喫茶は盛況の一言で表せるような盛り上がりでなく、急遽《きゅうきょ》会場が普段は使われていない大教室へと変更になった。

もちろん人手が足りなくなるのが目に見えているので、有志を募《つの》ることに。俺も平折と凛《りん》からの要請で手伝った。

まぁこの有志選抜をはじめ、文化祭後半も悲喜交々《こもごも》な出来事がいっぱいあった。楽しいのは確かだったけど、しばらく思い出したくないとだけ言っておく。

……康寅《やすとら》は頼りになる時もあるけど、やっぱりバカだった……

さて、そんなわけで文化祭が終わり一夜明けたわけなのだが、ＳＮＳで爆発的に広がった件《くだん》の動画はテレビやネットの記事といったメディアを通じて広く知れ渡ることにもなった。

通学前の朝の時間、朝食中に点《つ》けているテレビの情報番組の芸能枠は、どのチャンネルもそのことで持ち切りだ。

当然それは我が従妹《いとこ》真白《ましろ》の知るところにもなり、起きてからずっと鬼のような数の通知が届いていた。

『ちょ、ちょちょちょちょちょっとどうなってんの!?　あの制服って昴《すばる》の学校だよね!?　有瀬《ありせ》陽乃《ひの》が来たってマジ!?　ていうか動画に出てた平折ちゃんって、あの平折ちゃん!?』

「あー、うん。そういうことだ」

『そういうことってどういうこと!?　てことは昴アンタ今、あんな美少女な平折ちゃんと一緒に住んでるっていうか、あれ本当にあの平折ちゃんなの!?』

「びっくりな変身具合だろう？　っと、遅刻するから切るぞ」

『待ちなさい、昴！　あんな美少女と一緒に住んで間違いが――』

強引に通話を切ってため息を一つ。

視線を上げれば、テレビでは相変わらずミスコンの動画が流されている。

……ま、こうなるのも当然といえば当然か。

そんなことを考えながらトーストをコーヒーで流し込む。

「…………あ」

「平折」

登校の準備を終えた平折が、２階から降りてきた。平折の視線はテレビに向けられており、《有瀬陽乃とその姉、美少女たちの共演！》というテロップが流れれば、「あぅぅ」と鳴いて頬を赤らめ俯《うつむ》いてしまう。

改めて平折を見てみる。

ここ最近見慣れた、楚々としたいつもの可憐《かれん》な格好だ。

そして、再度テレビへと視線を向ける。

これで平折がひぃちゃんの姉だということは広く知れ渡ったことだろう。

そうなれば登校中、各所から様々な注目が集まり騒がれるに違いない。

ならば今日くらいは目立たない、以前の地味な格好をした方がいいかもしれない。

そんな俺の考えが顔に出ていたのか、平折は俺を見てにこりと微笑んだ。

「大丈夫ですよ」

「けどな」

「人の噂も七十五日というじゃないですか、最初だけです。それに私が堂々としていないと妹が、陽乃さんが悲しみます」

「…………そうか」

平折は見慣れぬ顔をしていた。

妹を想う姉の顔で、そして変わろうという決意が表れた、意志の強い俺の好きな瞳で――あ、くそっ！

「……？」

「……なんでもねぇ」

そっと目を逸《そ》らしてしまう。胸が妙な風に騒《ざわ》めいている。

どうやら俺は平折がひぃちゃんのために一歩踏み出そうとしていることに、ヤキモチを焼いているらしい。まったくもって自分に呆れてしまう。

そんな気持ちを悟られまいと、がしがしと頭を掻いて立ち上がる。

「……行こうか」

「はい」

ぶっきらぼうに言い放つ俺の後ろを、平折が普段と変わらず追いかけてきた。

◇◇◇

「……おはよ」

いつもの駅の集合場所。

そこで一足先に待っていた凜が、辟易《へきえき》とした顔で出迎えてくれた。

原因はすぐにわかった。

耳をちょっと澄ませば駅を行き交う人たちから「ほら、あの子もしかして動画の」「有瀬陽乃と一緒にミスコンに出てた」「うわ、あの子もレベル高《たけ》ぇ」といった囁《ささや》きが聞こえてくる。

それはあの拡散された動画において、ひぃちゃんとその姉である平折だけでなく、凜も二人に負けないくらいの存在感があったという証拠だった。

俺は苦笑しつつもどこか少しだけ誇らしく、そして揶揄《からか》い交じりの挨拶《あいさつ》を返す。

「おはよう、凜もすっかり人気者だな？」

「ぉ、おはようございますっ」

「……なんであたしまで」

「そりゃ凜も目立っていたからな、当然だろ。可愛らしい格好だったぞ、なぁ平折？」

「は、はいっ！　凜さんとっても素敵でした！」

「っ！　も、もぅ平折ちゃんまで！　さっさと行こっ！」

「はい、凜さん！」

そう言って凜は一瞬膨《ふく》れっ面《つら》を晒《さら》すも、周囲の視線から逃れようと平折の手を引き学校へ向かおうとする。

するとその時丁度、康寅と坂口健太《さかぐちけんた》が改札からこっちにやってくるのが見えた。

「おーい、待ってくれよー」

「まぁまぁ。でも確かにここで吉田《よしだ》さんと南條《なんじょう》さんが留《と》まるのは、ね」

「康寅、坂口……」

挨拶もそこそこに康寅は「今日も朝から眼福眼福！」と言いながら平折と凜の傍《そば》へと行く。康寅に気付いた凜が呆れたため息を零《こぼ》しつつ、「昴も早く来なさいよー」と手を振って呼んでいた。

肩をすくめて追いかけようとした時、ふと坂口健太が零《こぼ》す言葉で足が止まる。

「南條さんにとって倉井君は随分と特別なんだね」

「…………は？　どういう――」

振り返った先にあった坂口健太の顔は、やけに生真面目《きまじめ》だった。まるで『キミはいったいどうするんだ？』と詰問されているみたいに錯覚してしまう。

さらに坂口健太は確認するかのように言葉を続ける。

「南條さんが男子を下の名前で呼ぶのも、自分を下の名前で呼ぶのを許しているのもキミだけだよ、倉井《くらい》君。そしてあんな顔で接しているのも、ね」

「それは……」

「言うまでもないと思うけれど、南條さんは素敵な人だよ。一見完璧で、だけどどこか危ういところがある」

「っ⁉　坂口、お前……」

「一昨日のアレ、遠巻きながら僕も見ていたよ。……何もできなかったけどね。もし彼女を支えられる人がいるとしたら、きっとそれは倉井君だけだと思うよ」

「…………」

そう言って坂口健太は俺の肩を軽く叩いて先を行く。

頭の中はぐちゃぐちゃだった。坂口健太に指摘されて胸がドキリと跳ねる。

凜に危ういところがある——思い当たる節はいっぱいあった。だけど、凜なら自分でなんとかするだろうと思っていたのも事実だ。

しかし、一昨日有瀬直樹《なおき》と相対した時に見せた顔を思い出す。

「……くそっ！」

頭を振って、慌てて距離ができてしまった皆を追いかけた。


駅から通学路へと移れば、さすがに凜と平折への注目度は薄れる。

さすがにうちの生徒は動画の当事者でもあるわけで、そこまでといったところか。だがニュースがどうだとか記事がどうだとかという声と共に、時折視線がこちらに向けられている。

凜、か……

目の前では凜が平折と、周囲からの視線について妙に照れくさそうに話をしている。

文武両道、才色兼備で人気者の華やかな女の子、実はアカツキグループのお嬢様。

……そして家族との問題を抱える、1人ぼっちの女の子。

そう、凛は1人なんだ。

俺の知らないところでも、あんな顔をしていることがあるかと思うと――

「……なに変な顔をしてるのよ、昴？」

「っ!?　あーいやその……」

「ははぁん、もしかしてあたしに見とれてたとか？」

「……違《ちげ》ぇよ、厚化粧」

「んなっ!?　さすがに今回はゲームが原因じゃないわよ！　一昨日、昨日とアカツキ本社にずぅ～っと出ずっぱりで仕方がなかったというか……ま、骨だったけどなんとかなったわ」

「あ………そっか」

「もぅ、あたしをなんだと思ってるのよ！　それにほら、約束したじゃない。一度だけなら何とかしてあげるって」

「そうだったな、すまん……じゃないな。ありがとう、凛」

いつだったか、あの時と同じように目の隈《くま》を化粧で隠そうとしているのを見て、いつもの調子で軽口を叩いてしまった。

だけど、凛の立場を考えればすぐわかることだ。きっと、平折とひぃちゃんのことで奔走してくれたのだろう。どれだけの労力だったのか想像もつかない。……だけど、そんなことおくびにも出さずに、当然のこととしてやってのけてくれる。

……まったく、本当に凛には敵《かな》わないな。

だけど、いやだからこそ俺も凛のために何かできることをしたくなってしまう。

だからせめてもの感謝を伝えるべくお礼を言ったわけなのだが、どうしたわけか凛は目をぱちくりとさせて、顔を赤くしながら視線を逸らしてしまう。

「凛?」

「あんたはねぇ……まったく」

「……なんだよ」

「そこで素直にありがとうって言葉が出てくるところなのかしらね? 平折ちゃんや陽乃さんがあんたを信頼してるのは」

凛は大きなため息を一つ。

そしてどこか吹っ切れたような清々《すがすが》しい表情で、えいっとばかりに俺の鼻を摘《つ》まむ。

「おいっ、何す――」

「けどあたしも昴のそういうとこ、好きだよ」

「――っ!?」

凛はそんなとんでもないことを言って身を翻《ひるがえ》し、前を行く。

一瞬、心臓が止まったかと思ってしまった。

そういうつもりじゃないと思うけれど、再び動きだした心臓が痛いくらいに暴れ回る。立ち尽くしてしまうのもしょうがないだろう。

「なんだ、アレ!?」

そして康寅の素《す》っ頓狂《とんきょう》な声で我に返る。

指差す先は校門の前。

「アレは……あたしとしたことが、うっかりしてたわ……」

「……確かに、あぁなってもおかしくはないか」

「あぅぅ……」

「は、ははは……ボクもちょっとこれは予想外というか……」

そこでは様々なテレビ局のロゴが入ったカメラが犇《ひしめ》いていた。大型バンがいくつもあり、そこから吐き出された大人たちが、登校しようとしている生徒たちにマイクを向けている。

一体どれだけのメディアの人間がいるのだろうか？　何人か教師たちも表に出て抗議しているものの焼け石に水だ。一部ノリノリの生徒たちがいる一方で、多くの生徒が嫌そうな顔をしていた。

もしこのままあそこに凛と平折が行けば、更なる混乱を招くのは想像に難《かた》くない。思わず皆で顔を見合わせてしまう。

するとその時、キキーッという甲高《かんだか》い音を立てながら、校門前の人波を掻き分ける1台の高級そうな車が乗りつけた。少し危険な運転ということもあり、注目が集まる。

そして高級車から渦中の人物が、弾《はじ》かれるように躍《おど》り出た。

「はいはーい、有瀬陽乃でーす！　本日付でこの高校に転校してきましたーっ！」

「「「「きゃーっ！！？？！？？！！」」」」

ひぃちゃんだった。そして、大地が震えんばかりの歓声が響き渡る。

やはりうちの生徒にとっても、ひぃちゃんからの公式な転校宣言はテンションを上げるものらしい。すぐさまひぃちゃんのところに駆けつけたいところだが、メディアと生徒の人垣に阻《はば》まれて近づけそうにない。

ひぃちゃん自身はといえば、周囲を見渡しこの状況を確認すると、たはーっとばかりにぴしゃりと額《ひたい》を叩く。俺も同じように額に手を当てた。

この場にいるすべての人間の視線がひぃちゃんに集まる。メディアの人たちも、生徒や教師たちも、そして俺たちもひぃちゃんの一挙手一投足を見守っている。

そんな時、こちらに気づいたひぃちゃんと目が合った。

そしてにやりと、子供時代によく見た無邪気で悪戯《いたずら》っぽい笑みを作る。

……何か嫌な予感がした。思わず身構える。

「はい、今から鬼ごっこを開始します！　鬼はカメラとマイクを持った皆さんね、よーいドン！」

「「「「っ!?」」」」

いきなりそんな宣言をしたひぃちゃんは、学校とは逆の方向、俺たちの方へと駆け出した。

一拍の静寂の後、メディアをはじめとしたその場の全員が騒ぎだす。

そしてこちらに駆け寄ってきたひぃちゃんは、満面の笑みで俺と平折の手を取った。

「行こう、すぅくん、おねえちゃん！」

「ちょっ、ひぃちゃん!?」

「ひ、陽乃さんっ!?」

突然のことで呆気《あっけ》に取られるも、「追え！」「姉の方もいるぞ！」「あの男子は誰だ!?」という声が聞こえてくれば、びくりとしてしまう。どうやら俺と平折もターゲットとしてロックされてしまったらしい。一緒に逃げるしかない。

恨めしそうな目をひぃちゃんに向けるも、にししといい笑顔を返されるのみ。

はぁ、とため息をつく。

そして俺は、この場に取り残されると騒動に巻き込まれてしまう娘に気づき、慌てて手を伸ばす。

「来てくれ、凜っ！」

「っ!?　う、うん……あはっ！」

凛は一瞬驚き目を見開くも、笑いながら俺の手を握った。

ひぃちゃんを先頭にして早朝の通学路を、4人で手を繋ぎながら駆け抜ける。他の登校中の生徒たちの視線が突き刺さる。一体なにやってんだとも思う。

「で、ひぃちゃん一体どこへ向かってるんだ⁉」

「わかんない！　どこか見つからないところ！　これじゃ鬼ごっこじゃなくてかくれんぼだね！」

「も、もぅ、なんであたしまでーっ！」

「あ、あうぅぅ……っ」

ふと隣を見れば、早速運動が苦手な平折の息が上がっていた。そんな平折の手を凛が取り、ひぃちゃんと一緒に引っ張っている。そんな平折と目が合えば困ったようでいて、しかしそれでもどこか楽しそうな笑みが返ってくる。

そして視線を移せば凛からもやれやれといった、だけど嬉しそうにしている表情が目に飛び込む。前を行くひぃちゃんの背中からは、顔を見なくてもご機嫌だとわかる様子で俺たちを振り回している。

皆、笑顔だった。

この状況がバカらしくも俺たちらしくて、とても楽しくて仕方がなかった。

きっとこれからも、俺たちはこんな風に駆け抜けていくのだろう。

「そういえばさ、おねえちゃんと凜さんの文化祭の衣装！　すごく似合ってたよ！」

「あぅぅ……」

「そりゃっ、どうもっ！」

「すぅくんも、可愛かったよ！」

「っ!?　やめてくれっ、思い出したくもないっ！」

「あ、でもそれわかる！　昴さ、案外可愛らしい顔してたし、髪とかいじったら結構変わるんじゃない？　今度あたしが色々変身させてあげるわ！」

「わぁ、楽しそう！　その時は私も是非！」

「わ、私も昴さんを色々いじりたいですっ！」

「ひ、平折まで!?」

追われているというのにそんな下らないことを言いながら走る。

俺たちの進む別の方向から「こっちだ！　有瀬陽乃はこっちに行ったぞーっ！」という康寅の声が聞こえてきた。

どうやら囮《おとり》として別の場所へと誘導してくれているらしい。

ったく、あいつは！

「あ、そういえば逃げ込むのに最適な場所があった！」

ふと、ひぃちゃんがそんな声を上げる。俺たちの視線がひぃちゃんに集まる。

「カラオケセロリ！　あそこに行きたい！　Find Chronicle Onlineってゲーム知ってる!?

文化祭の衣装でおねえちゃんと凜さんので思うところがあってさ！」

「っ!?　いや、知ってるもなにも、俺もそのゲーム、やってるぞ」

「え、ええ、あたしも」

「わ、私も！　もしかして陽乃さんも……？」

思いもかけない単語に、凜と平折と顔を見合わせる。

俺たちの言葉で驚いて足を止めたひぃちゃんはこちらに振り返り、目をぱちくりとさせて喜色を滲《にじ》ませた。

「えぇぇえぇっ!?　どこのサーバー!?　私アルフィって名前で――」

今度は俺と凜と平折の足が止まり固まってしまう。

皆でまじまじとひぃちゃんの顔を見つめる。

ひぃちゃんはそんな俺たちの表情の意味がわからないのか、きょとんと首を傾《かし》げている。

本当、このゲームには奇妙な縁があるものだ。

この時の感情を何と説明していいかわからない。

「あの、実は俺たちって――」

そして俺たちは驚きの声を、住宅街に響き渡らせるのだった。

# あとがき

どうも、雲雀湯《ひばりゆ》です。正確にはどこかの街にある銭湯・雲雀湯の看板猫です。

1巻から時間が開いてしまいましたが、またこのあとがきで皆さんとお会いすることが出来ましたね！　にゃーん！


さて今回、WEB版から大幅に構成を変更しました！

平折《ひおり》の異母妹、有瀬陽乃《ありせひの》が中心となって物語が展開していく形になりました。

また陽乃に負けないくらい、平折と凜《りん》もそれぞれ活躍できたかなぁっと。

いかがだったでしょう？

ちなみに作者的には、ラストで昴《すばる》が凜に向かって手を差し伸べた、というのが大きなポイントになっていたりします。

それはそうと、作中のネトゲは某国産ＭＭＯがモデルになっています。

このあとがきを書いている時に、11月後半にある大型アップデートが2週間延期になったというお知らせがあり、ＳＮＳのゲームの知り合いでも「せっかく有給休暇取ってたのに！　変更しなきゃ！」といった叫び声なんかも聞こえてきていますね笑。

最後に編集の後藤様、色々と細々したところまでお世話になりました。イラストのｊｉ《ジ》ｍｍｙ《ミー》様、美麗な絵をありがとうございます。私を支えてくれた全ての人と、ここまで読んでくださった読者の皆様に心からの感謝を。これからも応援してくれると幸いです。具体的にファンレターという形にして送っていただけるとすごく嬉しいです。ですが、ファンレターって結構敷居が高いですよね？　でも大丈夫です。

ファンレターは『にゃーん』だけで結構ですよ！

にゃーん！

令和3年　11月　雲雀湯

【第1回集英社WEB小説大賞・大賞】
社畜ですが、種族進化して最強へと至ります
力水《りきすい》
イラスト／かる

社畜ですが、種族進化して最強へと至ります2
力水《りきすい》
イラスト／かる

社畜ですが、種族進化して最強へと至ります3
力水《りきすい》
イラスト／かる

【第1回集英社WEB小説大賞・大賞】
『ショップ』スキルさえあれば、ダンジョン化した世界でも楽勝だ
～迫害された少年の最強ざまぁライフ～
十本スイ
イラスト／夜ノみつき

自他ともに認める社畜が家の庭にできたダンジョンで淡々と冒険をこなしていくうちに、気づけば最強への階段をのぼっていた…!?

今度は会社の同僚が借金苦に!? 偽造系の能力で人を騙す関東最大勢力の獄門会に襲撃を宣言し、決戦までの修行の日々がはじまる!!

何者かの陰謀で秋人が殺人犯に仕立て上げられた。鬼沼はボスを取り戻すべく『烏丸和葉ネットアイドル化計画』の妙案を発動する!

日用品から可愛い使い魔、非現実的なアイテムも『ショップ』スキルがあれば思い通り! 最強で自由きままな、冒険が始まる!!

ダッシュエックス文庫

# 不屈の冒険魂3
## 雑用積み上げ最強へ。超エリート神官道

漂鳥《ひょうちょう》
イラスト／刀彼方

【第1回集英社WEB小説大賞・銀賞】
## パワハラ聖女の幼馴染みと絶縁したら、何もかもが上手くいくようになって最強の冒険者になった
～ついでに優しくて可愛い嫁もたくさん出来た～

くさもち
イラスト／マッパニナッタ

## パワハラ聖女の幼馴染みと絶縁したら、何もかもが上手くいくようになって最強の冒険者になった2
～ついでに優しくて可愛い嫁もたくさん出来た～

くさもち
イラスト／マッパニナッタ

## パワハラ聖女の幼馴染みと絶縁したら、何もかもが上手くいくようになって最強の冒険者になった3
～ついでに優しくて可愛い嫁もたくさん出来た～

くさもち
イラスト／マッパニナッタ

連続シークレットクエストで世界各地の食材集めに奔走する昴に王都から招集命令が…!?告げられた事件と依頼は驚愕の内容だった!!

幼馴染みの聖女と過ごす辛い毎日からハーレム天国に!?　パーティを抜けた不安はどこへやら、神をも凌ぐ最強の英雄に成り上がる!!

最強の力を獲得し勇者パーティーとして冒険中のイグザ。砂漠地帯に出没する盗賊団の首領と対峙するが、その正体は斧の聖女で…？

人魚伝説の残る港町で情報を集めていると、今後仲間になる聖女が人魚と関わりがあると判明!!　期待に胸躍らせるイグザたちだが…。

ダッシュエックス文庫

【第1回集英社WEB小説大賞・銀賞】
影使いの最強暗殺者
~勇者パーティを追放されたあと、人里離れた森で魔物狩りしてたら、なぜか村人達の守り神になっていた~
茨木野
イラスト/鈴穂ほたる

影使いの最強暗殺者2
~勇者パーティを追放されたあと、人里離れた森で魔物狩りしてたら、なぜか村人達の守り神になっていた~
茨木野
イラスト/鈴穂ほたる

【第1回集英社WEB小説大賞・奨励賞】
レベルリセット
~ゴミスキルだと勘違いしたけれど実はとんでもないチートスキルだった~
雷舞蛇尾
イラスト/さかなへん

レベルリセット2
~ゴミスキルだと勘違いしたけれど実はとんでもないチートスキルだった~
雷舞蛇尾
イラスト/さかなへん

村人たちが崇める森の守り神の正体は、傷つき孤独に暮らす影使いの少年⁉ 人類最強の力で悪をなぎ倒す、異世界ハーレム物語!

十二支の一人を倒したことでその名を轟かせたヒカゲに、新たな魔神が目をつけた。襲い来る刺客には、悪にそそのかされた実兄が⁉

神童と呼ばれた少年が獲得したスキルは、毎日レベルが1に戻る異質なもの⁉ だがある可能性に気付いた少年は、大逆転を起こす‼

新たなスキルクリスタルと愛馬の解呪を求めて、スカーレットと風崖都市を目指すラグナス。そこで彼を待っていたものとは一体…⁉

ダッシュエックス文庫

# 会話もしない連れ子の妹が、長年一緒にバカやってきたネトゲのフレだった2

雲雀湯

2021年12月28日　第1刷発行

★定価はカバーに表示してあります

発行者　瓶子吉久
発行所　株式会社　集英社
〒101-8050　東京都千代田区一ツ橋2-5-10
03(3230)6229(編集)
03(3230)6393(販売/書店専用)03(3230)6080(読者係)
印刷所　図書印刷株式会社



ISBN978-4-08-631453-4 C0193